春明谈往

谢其章 著

新星出版社 NEW STAR PRESS

序

在北京的生活，忽忽六十载，去日苦多，不胜依依。

我算了算，这本小书，大概是我第三十本书。所谓三十本，看似不少，实则归属为一个内容：我在北京六十多年生活的实录。柴米油盐的日子，小学中学的日子，下乡插队的日子，青海劳动的日子，书肆巡阅的日子，通通写进了书里。

内容编得了，书名却犯了难。之前的书名里常有一个"书"字，本次绝对不能再"书书书"的了。寻思多时，几经改易，起了个"春明谈往"作书名。

古城北京有不少别称，如幽州、燕都、日下、幽都、燕京、春明、京城、北平、北京、京师、宛平、京兆、析津、顺天府等。能拿来作书名的差不多都被捷足先登了,剩下的"幽州""幽都""析津""顺天府"等均不宜用作书名,古人可以用,今人不可用,勉强用了,"幽州谈往""顺天府谈往",谁明白呀。本来起的是"燕京谈往",止庵说不妥,人家会误会你在燕京啤酒厂干过。所以说,过于生僻的不能用,容易引起歧义的最好也别用,这两方面,我过去的书名都是吃过亏的。

虽然"春明谈往"未必有多好,可是字面上的感觉,挺不错,念着也还顺口,就是它吧。

二〇一九年四月十五日晚

目 录

第一分

横二条,我的琅嬛福地 / 3

我与圕 / 14

四九城的中国书店 / 21

封面画的署名 / 27

陶亢德编过的杂志我十有八九 / 34

听施蛰存讲那过去《现代》的故事 / 42

黄裳1942年冬离沪入蜀日期小考 / 49

《电影新闻》两种 / 59

《时代漫画》五帖 / 63

夜半无人私语时 / 76

安得猛士兮守四方 / 83

马思边草拳毛动 / 89

沦为珍本的《中国文艺年鉴》/ 96

1937年1月8日之后的《新北平报》里的《午夜北平》/ 103

我与《邪不压正》的一毛钱关系 / 110

最美的小说杂志 / 119

关于鲁迅母亲与朱安照片及宋致泉 / 127

第二分

青海的劳动记忆 / 133

四友记 / 145

吃食堂 / 152

小院春秋 / 157

母亲的最后一天 / 163

"小燕子,穿花衣,年年春天来这里" / 169

姜德明先生 / 176

我与"东方蝃蝀"李君维先生的交往 / 183

沈公送我繁体字版《读书》/ 190

止庵的东瀛文化之旅 / 197

书友胡桂林 / 206

想当年,一本书赚多赚少总是赚 / 210

那些消失的上海俗语 / 216

四十载春秋 集邮缘未了 / 222

在观战世界杯中老去 / 230

后 记 / 239

第一分

横二条，我的琅嬛福地

第一回

横二条胡同，位于西单牌楼东侧，南北向。张北海小说《侠隐》里写到"李天然到西二条探访羽田据点"，"西二条"东西向，被横二条截断为"东二条"与"西二条"，今已不存。姜文电影《邪不压正》改编于《侠隐》，真实存在的胡同都弃之不用，何谈不存在的胡同。二十世纪八十年代我上班的单位离横二条很近，横二条路西有家书店（中国书店下辖的门店），当时我分不清"中国书店"与新华书店有啥不一样。在这家店见到了《语丝》影印本，定价五十块，超过我一个月的工资，每次去都会翻翻，始终没下决心买。不买的原因还有一个，我不喜欢《语丝》开本的大小不一，别人也许无所谓，我却非常在乎。还记得在这家书店花两块钱买的《丰子恺漫画选》，觉得真贵，那时候吃食堂一个月才十块。

横二条成为我淘书的宝地，已经是二十年后的事情。二十年间，我于琉璃厂、隆福寺、潘家园各处豕突狼奔，以求一逞，没料到中国书店期刊门市部，悄无声息地挪到了横二条。我早先知道期刊门市部在广安门外太平桥西里，隐匿在居民小区内，不显山不显水，"庙小神灵大"，不起眼的门脸，里面的宝贝多得眼晕，尤其是民国杂志目不暇接，美不胜收。存放民国杂志的地下室原来是防空洞，与我以前挖过的防空洞很相似，主干道两边一个一个小窑洞，码放的全是一捆捆的古旧杂志。我在地下室买到过《文饭小品》《文艺画报》《良友》画报等零册。洋杂志买的是英国老牌幽默杂志《笨拙》，老店员王永志推荐我买，我也乐意，盖读过恺蒂的"《笨拙》之死"，精彩极了。这些"防空洞货"也许全部随着门市迁移到了横二条。我在横二条见到了熟悉的店员，老店员王永志，第二代"杂志大王"刘广振的高徒韩宝玲，他们给了我很大的便利，至今心存感念。

最要感谢的当然还是马经理,只有他掌握"打折权"和"卖谁不卖谁权"。马经理待我不薄,他觉得我是读书人,而不是书贩子,卖给我老杂志,我能研究、能写出文章来。马经理的看法没错,我写的书中国书店门市常年有售,单篇文章刊发的报纸店员们也经常传阅,这些因素也许就形成了所谓的"口碑"(近乎我最近才搞懂的一个词,"人设")。期刊门市部在横二条路东(路西的那家书店早已改作他用),往北走到头右拐就是太仆寺街。知堂老人1949年8月自上海回北京,没有直接回八道湾老宅,而是借宿在太仆寺街尤炳圻家。最近宋希於君查出尤炳圻在北京至少有三处房产,另两处为"民康胡同25号""南太常寺7号"。加上已知的上海横浜桥尤宅,厉害了。扯上这些闲话,要来说明,巨量古旧杂志出现在闹市腹地,终归与宿命啊,冥冥之中啊,搭连上。

横二条期刊门市的古旧杂志,似乎无穷无尽,买不胜买。上海是期刊出版中心,期刊史上的名牌杂志大多出于此,期刊目录记载上海图书馆所藏期刊一万八千种,北京图书馆只有七千余种。横二条的库存不能与上海书店相比,若有足够的钱,当个杂志藏书家富富有余,可是欲当超级杂志藏书家,还是得向上海买。我知道有一位超级藏家,自上海拉回了"一火车"古旧杂志。二十年前"超级藏家"曾对我说:"你拿着五万块现金,旧书店的库房就会向你敞开大门!"我对"超级藏家"的"鲸吞式"购买力目瞪口呆。只有一件事,我庆幸比他抢先一步。

横二条举办民国期刊创刊号展销的前两天,马经理对我说:"你就准备钱吧,东西有的是。"那真是个"老鼠掉进米缸"的淘书盛会,更幸福的是,开幕当天只有我一个淘书者对创刊号有兴趣。马经理一捆一捆拿出创刊号让我尽情地挑。连着数日我天天去,每次都是我一个人,偶尔有一两个淘书客,还是熟得不能再熟的朋友胡桂林君和柯卫东君。胡柯二君另有所爱,对我的创刊号专集不构成威胁。胡君还大度地将毛边本《新月》创刊号让给我;柯君于创刊号心不在焉,我动员他买《六艺》创刊号,他居然嫌一百元太贵。

第一天,我从数百种创刊号里精挑细选出四十种文学类创刊号,马经理按一百块一册算的账。四十种里文学史期刊史上赫赫有名的有《甲寅》《小说丛报》《作家》《清明》《大江》《苦竹》《文学时代》。后来,据店员称,我挑剩下的创刊号,"超级藏家"不计环肥燕瘦,通通一枪打包圆儿,从此他也倾心于创刊号,并一举置我于"小巫"地位,尽管我写有《创刊号风景》《创刊号剪影》两本小书。

隔了一天再去,马经理仍热情款待,不厌其烦地将创刊号一捆捆拿来,我一挑就是几小时,中饭也省了。意识到这批创刊号是中国书店"底本"的时候,我感觉自己仿佛触到了文学期刊史的主动脉。挑完结账之时,才发现袖口都蹭黑了。回家打车,从包里一本本往外掏翻看,的哥烦了:"你别老乱动,挡着后视镜了!"

第二趟有个意外收获,挑了许多本"蝴蝶鸳鸯派文学"创刊号,有《滑稽时报》《快活世界》《橄榄》《万岁》《情杂志》等。过去从未接触过这派杂志,却一见如故,并开立项专集。二十年下来,郑逸梅《民国旧派期刊丛话》里面的一百四十余种,寒舍泰半有存,完全颠覆了对鸳蝴派的坏印象。

近年签名本收藏大热,我无意凑热闹,倒是想到杂志签名本或可一谈。于"横二条战役",我搜到了储安平杂志签名本,据我所知,也许可称之为"壤间孤本"。储安平主编《文学时代》之时,风华正茂,新刊初创,高兴地赠送给友人，也许送出去不止一本，可是如今只有我存的这本"昆仑兄 评正 储安平谨赠"的《文学时代》"出土"了。于横二条还买到一些杂志签名本，但值得拿出来的只有储安平这一本。

我与横二条的故事，今天先说第一回，读者诸君如喜欢"白头宫女在，闲话说玄宗"的唠叨，第二回见！

第二回

上回说的是我在横二条的"民国杂志创刊号"一战，看似大获全胜，其实只有我心里明白，这是一场"杀敌一千，自损八百"的惨胜。马经理一趟一趟往外掏创刊号，我渐渐财力不支，方才明白他开始所说"你就准备钱吧，东西有的是"并非吓唬人的话。经营旧书店，不管老板还是伙计，都会看人，是穷是富，是平民还是任个一官半职，做过一两单买卖之后，他们心中便有了数，"先敬罗衣后敬人"，自是难免。我念马经理的好，就是在这个地方。他不看人下菜碟，知道我穷，却又好这口，所以给我提个醒。我这一辈子，从未向谁开口借过钱，这回遇到难处了，也不能破例，这个坎还是得自己想辙迈过去。再说了，为了买旧杂志去借钱，这理由忒张不开嘴。思来想去，打起了邮票的主意。

很早就知道"变现"这个词，对个人来说，排在第一位的是"现金"，第二位是"存款"，第三位是"股票"，第十位是"书籍"，这是某位专家讲的。具体到我现在的困境，出卖邮票"变现"最快，也是唯一可行之办法。攒了几十年的邮票一旦离我而去，颇有一点儿难舍难分，五味杂陈，当然比不了钱谦益出卖"前后汉书"那般言语："床头黄金尽，生平第一杀风景事也。此书去我之日，殊难为怀，李后主去国听教坊杂曲挥泪对宫娥一段，凄凉景色，约略相似。"人家钱谦益买"前后汉书"，代价可是一千两黄金呢！

邮票市场最火爆的年代让我赶上了，全国知名的月坛邮票市场，离我住的地方很近很近，上下班一天路过两趟。最最火爆之时，邮市里一个固定摊位的转让费非六位数免谈，一百零五元的零票换一张百元大钞，为了交易方便，宁可多出五块。休闲怡情的集邮，正是在那个疯狂的年代，变了味。我见证了"猴票"从八分钱到四毛钱到八块钱（我是三十二块钱买的四方联），再到一万二三千元一枚。可惜我没挺到历史最高点，四千元一枚的时候出了手。整版猴票那时五千元一版，一摞摞不怕偷不怕抢地码着，而现在一版猴票一百多万，成了大型拍卖会的贵宾。正经的集邮爱好者，谁去买整版的邮票、整封的小型张呢！当空气中都弥漫着金钱味道的时候，整个月坛邮市，几百版几百封的交易司空见惯，不必出公园（月坛邮市设在月坛公园内），就地一转手，就赚上一大笔。近墨者黑，我一个集邮爱好者，多少也有了一些投资（投机）的意识，买了一些整版票整封小型张。整版邮票比之单枚的邮票，从美学上来说不是一个概念，有如一个步兵方阵和一个单兵。我自己买买就算了，还动员亲友也投资整版邮票。如今呢，我的整版票都变成了创刊号，而亲友的存货恐怕赔到姥姥家去了，真是害人不浅。

上面说的"变现"难易，邮票要算很容易的，邮市一直到现在都有出售价格表，网上交易也很方便。月坛邮市取消之后，挪到马甸以"福尼特邮币卡市场"的名称，继续顽强生存着。我的那些得之于月坛的邮票，大部分销售于福尼特了，一手交票一手交钱，跟在银行取钱一样快捷。当然在卖邮票之前，你得做些准备功课：第一要紧事是先查查行情，做到心中有数。第二是挑出舍得卖的邮票，自己先估算出大概的单价和总价。第三，一次不能带很多的邮票，以免手忙脚乱，被邮贩子"切瓜"。邮市门口总有三三两两的游贩，见你背着包，便问："带什么了？"甚至强行动手翻看，难缠得很。

与邮商打交道，也要学会察言观色，我的经验是找面相老成的邮商，或者规模大的摊位。这次"变现"的邮票，我分七次去的，七次都是出售给同一个邮商，得让邮商明白你会源源不断地"供货"，不至于"一锤子买卖"。邮票卖了，不要患得患失，卖高了卖低了，都要认头，古人云"堕甑不顾"就是这个意思。还有一个教训，买邮票时往往不大注意挑剔品相，可一旦卖时邮商挑剔得可仔细了，我保存多年的《蝴蝶》《黄山》《金鱼》等名贵大套票，由于品相的瑕疵，价钱被杀惨了。买时容易卖时难，所以，张岱"人无癖不可交，以其无深情也"这话得两说着，老子所云"多藏必厚亡，甚爱必大费"，往往是痴迷收藏者的宿命。

从邮票钱转变为买书钱，从月坛到马甸，最终的现金流，流向了横二条。我想，横二条是终点站，此生不会再有第二回的"收藏转型"了。

马经理见我越战越勇，并没有像其他旧书店那样

"趁机加价"——那是淘书者深恶痛绝的行径。横二条之前,我在海淀旧书店曾经一次买过十来本民国杂志创刊号,店家见我出手"阔绰"且不还价,暗暗窃喜,下次我再去,见到所有与上回同等的货色齐溜溜地提价一倍。我再傻,也能看破这样的伎俩吧。旧书店与新华书店的本质区别在于,新华书店的书价是印在版权页上,等同于"明码标价"。而旧书店的书价或是贴个价签,用笔填个数,或是由经理临时说个价。不在旧书圈里长期厮混,很难理解这些个弯弯绕。

藏书家唐弢非常重视古旧杂志,他要求现代文学研究者要大量翻阅原版刊物。1960年唐弢写道:"松筠阁专营期刊,曾有'杂志大王'之称的刘殿文老人,年逾七十,现在是中国书店期刊门市部主任。据说他年轻时常跑西晓市,为人配补期刊,随见随录,辑有《中国杂志知见目录》稿本十二册。""过去头本不零售,书店里准备逐渐配全的刊物不零售,现在如果确知为研究需要,或者顾客手头已有的期数远远地超过于书店所有,也肯破例成全。"(《书林即事》)"头本"原指多卷本线装古书的第一册,用来代称杂志创刊号,亦妙。四十年前,中国书店只有唐弢独享的待遇,这回在横二条我也赶上了。不但买到了几百件"头本","破例成全"的好事还有一件,承马经理关照,我配齐了《大众画报》。

邮票换来的创刊号,颇有一些世所罕见的精品,如《世界画报》、毛边本《诗篇》、《金箭》、《红茶》、《离骚》、《报学》、《白露》、《声色画报》、《翰林》,等等。之所以开风气之先地撰写了两本创刊号专书,也许正如民谚所云"手握金刚钻,敢揽瓷器活"。

二〇一九年三月二十七日

我与圕

图书馆三个字的缩写"圕",我以为是汉字里形神兼备的最佳缩写。

1924年,图书馆学者杜定友发明了"圕"字——"图书馆"的缩写。"圕"字的寿命很短,今已弃用,惟在旧时图书馆所办刊物里尚可见到。如《图书馆学季刊》载有杜定友《科学的圕建筑法》、王古鲁《日本之中文圕》、顾家杰《圕界应该怎样负责补救连环图画小说流毒》。"圕",作为一个文化遗迹,理应在有限度的小范围内加以保存,延续其使用价值。看着时下某些突然走红的生僻字,为"圕"抱一点儿不平。

我于大图书馆一点儿好感也没有。朋友总是劝我写作时多跑图书馆找资料,谢谢朋友的好意,寒舍所存书刊尽够用了，"有多少水就和多少泥"是我的经验，何必去图书馆自讨没趣。那些往图书馆跑得很勤的朋友，近来却牢骚满腹，这个那个的一通抱怨，什么不外借了不让看了，什么收费越来越贵了，我一边假惺惺地同情，一边大说风凉话。有一次，我进入一座全国最著名大学的图书馆，在一楼的一间小屋取订购的进口书刊。取完后顺便上四楼，那里有一间大房子专门存放港台杂志，门半开着，我往里张望，"过屠门而大嚼"而已。饶是这么守规矩，也难免遭到训斥，"看什么看？！"我说："就看看书名。"砰的一声，"不让看！"门摔上了。这些港台杂志不外《大成》《春秋》之类，后来我几乎全部收集到手，不蒸馒头争口气。

早在八十多年前，巴金先生写有题为《图书馆》的文章，文章是这么说的：

> 我在《文学》上发表的文章叫北平图书馆出来说话了。有人说北平图书馆是衙门（譬如从里面拿东西出来要去找里面什么要人求一张"放行"的条子。里面办事人对读者的态度就和官僚对百姓的一样。我的一个朋友有一次生起气来，几乎要把那位

杂志部的职员揍一顿。)

我再说一句：北平图书馆只是一个点缀文化城的古董。对于中国的青年它完全没有用。因为在这艰苦的环境中挣扎着的中国青年要读的书决不是《金瓶梅词话》一类的东西。

我没有学过图书馆学，但是我也知道图书馆不是衙门，不是古迹，不是古董商店，不是养老院。

（原载1935年4月第8期《漫画生活》）

巴金于《文学》四卷二号写有题为《书》的文章，对以"为国家搜集善本书的责任"自豪的北平图书馆，巴金也说了相同的意思："事实上像那用一千八百元的代价买来的《金瓶梅词话》，对于现今在生死关头挣扎着的中国人民会有什么影响呢？"图书馆添置什么书，花了多少钱，读者管不了，读者只求一个友善的服务态度。

小一点儿的图书馆，如单位的图书室、普通学校的图书馆等，我还是打过交道的，留有美好的记忆，甚至在得知"处理图书"时获准优先挑选。

正在蓬勃兴起的数字图书馆，也许能够使读者少生很多的闲气，却要花费较多的钱。如果仅仅是阅读像史铁生《我与地坛》这样去今不远的读物，数字阅读确实惠而不费。可惜我的数字阅读不只是简单的"读字"，这个时髦的玩意儿远远满足不了我。更有甚者，数字化并非人性化，内幕多多。

图书馆于我不亲，图书馆杂志却可爱得很，这种情形可以用张爱玲的话来比拟："在没有人与人交接的场合，我充满了生命的欢悦。"图书馆所出馆刊，并非一味的"图书馆学"那样深奥的文章，只要耐心读下去，总有讨你喜欢的。现在，我只是后悔当年没有下大力气搜集图书馆刊物，不然的话，本文的题目蛮可以称"我与圕杂志"。

手边的这本《北平特别市市立第一普通图书馆·周年纪念刊》非常有意思。它完全不同于其他图书馆杂志的以论文为主，它细节多，内幕多，已经忘记何时何地买的了。它出版于1930年3月24日，前面有一张"本馆全体职员撮影"，照片题头写的是"撮影"。"撮"有"合"的意思，也就是"合影"，像"圕"一样的下场，"撮影"被弃用了。这张"撮影"，显示着民国知识人的风度，表情肃穆，稀疏地站立着，可谓标准之"肃立"

耳。看照片，这座普通图书馆就不是在高楼大厦里，再看版权页，果然，"北平宣内頭髮胡同"（"本館館址既非圖書館之建筑，又復年久失修，以故欹斜滲漏黑暗秽湿在在不宜。"）

《本馆一年来之概况》大叹苦经："本馆系民国二年成立，十数年来，历受时局之影响，军阀之蹂躏，执斯政者，虽欲改革，亦无所设施，对于一切计划，则丝毫未能顾及。""西院房舍，本系馆中所有，嗣于国军抵平秩序未定之时，为他人所占用。""且我国固习未尽扫除，女子每有因不愿与男子同座裹足不入图书馆者，是以拟设妇女阅览室以便之。"今天看来不是事的事，当年都是头等之大事。

头发胡同22号的"第一普通图书馆"，身世坎坷，居无定所。头发胡同之前，最初于宣武门外前青厂落脚，每年的经费仅五百元，馆房系租用民房，开办未久迁往宣武门外香炉营四条，至1924年7月因经费经年欠发，房租无从拨付，无法再租下去了。正好头发胡同22号原翰林院讲习馆空闲着呢，教育部遂拨款批准"普通图书馆"迁入。22号有房六十一间，东院房屋三十五间尽够用了，馆长利用西院的二十五间房屋，兴办了"西城中学"。每月由教育部拨发临时费用二百四十元，作为馆员杂役工薪等最低之消耗费用。饶是这样还要裁员减薪，甚至规定："普通宴会每席以六碟六碗为限制，酒以平均每人半斤为限制，并禁强劝（酒）之恶习。每客总费用不能超过一元。"对于随行赴宴的汽车夫和马车夫也有细则规定："每辆以一人为常例，特别情形车夫连同随从至多不能超过三人。车饭均平宴会场所车夫饭钱率，以车辆等级为发给多寡之标准殊失情理之平，拟定无论洋车或马车汽车，每车夫一名一大洋二角钱为定衡，无分车类亦无分乘客之多寡，如有两客或三客之同车不得照客数加倍索发。"

我的小学"石驸马二小"，位于石驸马大街，与南边的头发胡同仅隔着一条浸水河胡同，且有南北向的麻线胡同直达头发胡同，就是这么一点儿地理的关联，我对于纪念刊的每一句话，仿佛都能跨越时空，浮想联翩。

忽然想到，鲁迅在什么文章里提到过"普通图书馆"的前身"京师图书馆分馆"和"京师通俗图书馆"。鲁迅在教育部干过十四年呀，正管图书馆这块。果然，鲁迅日记有载，1913年4月1日"晴。午后同夏司长、齐寿山、戴芦舲赴前青厂观图书分馆新赁房屋,坐少顷出"。1916年2月27日"昙。星期休息。晨图书分馆开馆,有茶话会,赴之"。

鲁迅致许寿裳信中称:"京师图书分馆等章程,朱孝荃想早寄上。然此并庸妄人钱稻孙,王丕谟所为,何足依据。而通俗图书馆者尤可笑,几于不通。仆以为有权在手,便当任意作之,何必参考愚说耶?"(1918年8月20日)改"通俗图书馆"为"普通图书馆"时,鲁迅已卸职教育部并离开北京。

二〇一九年三月二十五日

四九城的中国书店

余生也晚,1952年中国书店成立之时,我尚在襁褓之中。所幸赶上了中国书店黄金时期的末尾,有那么二十来年吧,与四九城的中国书店打了不计其数的交道,所见所闻,点点滴滴,记忆所及,实录如下。

所谓"四九城",即老北京的别称,有云:古园里森森的柏木,皇城根落落的砖石。旧时有"里九外七皇城四"的说法,一个数字代表一座城门。中国书店下辖的门市部,均匀地分布在北京的东西南北,据我所知,这些地方都有门市部:东单、灯市口、演乐胡同、隆福寺、前门、虎坊桥、西单大街、西单横二条、宣内大街、新街口、广外大街、洋桥、海淀镇。也许有遗漏,也许有变迁,但是这些门市部,我都买过书刊,故不计现今之存废，永久地于记忆里保留那些文化坐标。那些打过交道的老店员，如雷梦水、刘广振，已不在人世，风清月朗之夜，会想起他们。雷梦水的信，刘广振手写的书单，睹物思人，每页纸均什袭以藏。

中国书店总部设在琉璃厂海王邨，这条著名的文化街上的邃雅斋、来熏阁、松筠阁等老字号旧书店也归属中国书店。海王邨北楼（俗称"三门"），早年间要凭介绍信才能买到"善本书"，设有"内柜"（又称"小库房"），非"贵客"莫入，等级森严，壁垒如磐。已故著名藏书家田涛写道："李经理走进办公室，我想她那里说不定还有小库房。"（《田说古籍》）其实不单"三门"如此，每个门市均有内柜，大小不一而已。这个现象为中国书店所独有，你只有知道了这个奥秘，才会理解中国书店与新华书店本质上的区别，美言之，中国书店的经营特色。对于我这样的普通爱书者，承蒙恩准进入"小库房"，有限的两三回罢。

海王邨公园内东侧，有一排房子，挂没挂牌我一直没有注意，这排房子也是中国书店下面的一个门市部，却含有一些"内部书店"的意思。我在这里打下了"民国杂志专藏"的原始积累。源源不断给我供货的就是第三代"杂志大王"刘广振先生。往上数三代,第一代"杂志大王"为松筠阁老板刘际唐,河北衡水人,松筠阁开设于光绪年间。实际上刘际唐空有"杂志大王"之名,只是为了表述的方便才这样称呼。真正的"杂志大王"是刘际唐的长子刘殿文。时琉璃厂古旧书店铺林立,竞争尤为惨烈,松筠阁生意举步维艰,天无绝人之路,时逢新文艺杂志勃兴,刘殿文另辟蹊径,专营起期刊来,生意遂大有起色,同业誉其为"杂志大王"。藏书家唐弢与刘殿文交谊深厚,唐弢写道:"松筠阁专营期刊,曾有'杂志大王'之称的刘殿文老人,年逾七十,现在是中国书店期刊门市部主任。据说他年轻时常跑西晓市,为人补配期刊,随见随录,辑有《中国杂志知见目录》稿本十二册。""过去头本不零售,书店准备逐渐配全的刊物不零售,现在如果确知为研究需要,或者顾客手头已有的期数远远地超过于书店所有,也肯破例成全。"(《书林即事》)我想,这样肯于破例成全的顾客,正是唐弢本人吧,不然店家何以得知"远远地超过"及"研究需要"?

我赶上的松筠阁时期,经营方针早已失去传统的"期刊",很不走运,我未在老字号的松筠阁买到过一本老杂志。

遂雅斋举办过几次小型书市,经常出售大量的民国杂志,而且价钱很便宜,只有一块钱一本。遂雅斋临着车水马龙的南新华街,所以能够收购到很有质量的古旧书刊。我赶上过一回,买到了十几本鲁迅著作的毛边本。

在来熏阁,我好像没有大的收获,连小收获似乎也没有(想起来了,线装本《蕉窗话扇》算么),倒是相熟的书友买到过"良友文学丛书"特印本《燕郊集》——"无光道林纸精印,抽去正文上面的横线题名,加宽天地头,装成廿五开本,封面是俞平伯自题欧体"燕郊集",装帧则同开明版《杂拌儿》。"(《买书漫谈》)

使劲地回忆,又想起琉璃厂西街曾经风光一时的遗产书店来了。此店也隶属中国书店。开张大吉之日,惠风和畅,少长咸集,北京城有头有脸的藏书家,全数光临,外地书友也来了不少。可怜那些爱书者,第一时间不让进店,一小时后,好书早已被优先阔步入内者一抢而空,残羹冷炙,令人大扫兴致。遗产书店与这条街上别的中国书店门市一样,二层小楼,雕梁画栋,尽半日之闲,凭窗观书赏景,人生一乐也。马未都第一期"观复斋"于琉璃厂西街安营扎寨,楼上楼下,精雅端庄,实为文化街一景。

洋桥中国书店旧报纸库房,鲜为人知。洋桥位于南三环,四九城的外沿。三十四年前,我骑着破自行车,孤身探访,为的是配齐1958至1966年的《北京晚报》。大老远地跑去,要还一个心愿,小时候家贫,两分钱一份的《北京晚报》也买不起。中国书店的另一处库房在虎坊桥十字路口西北角,那是一座船形的楼,四层,一层曾经开过"京味书店"。据进过库房的书友讲,简直了,书山书海,满坑满谷。我从未进去过,只是从照片里,从船楼朝东的窗户,想象着里面有多少宝贝。据说公私合营后没拆捆的旧书刊有的是。真正的书迷,爱书一辈子,若有一次打开尘封书捆的幸运,岂不终生难忘。东单演乐胡同路南的一个大院是中国书店诞生之地,总部迁到海王邨好像是二十世纪七十年代的事。演乐胡同我去过两趟吧,没留下好印象,店员拒人千里的态度,多一句话也不愿意跟你费,问多了,就呛你一句:"这书不卖!"

在中国书店淘书,更多的还是美好的记忆。在隆福寺的修绠堂,在西单横二条的中国书店报刊门市部,有好几次见到著名藏书家姜德明先生。关于旧书刊的知识，可以当面向姜先生请教。甚至于，书的稀见与否，价钱的高低，适合不适合买，姜先生都能跟你聊。做什么事情，有高人指点，总比独自一人苦苦摸索要好罢。无师自通的人，世上或许压根儿就没有。生活在四九城的北京，别的好处且不说，光是逛中国书店，就值得再住上一辈子。

二〇一九年三月十四日

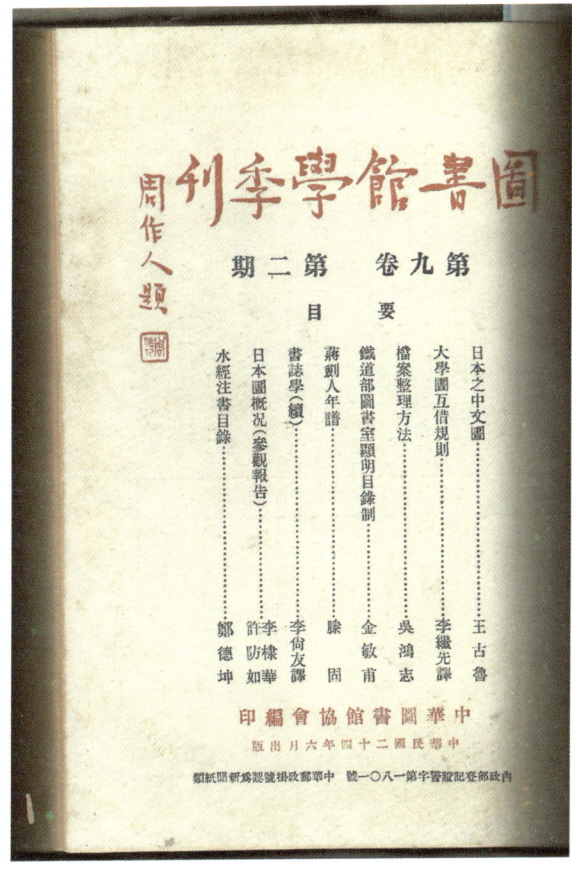

《图书馆学季刊》轮流请名人题写刊名，这是老刊物通常做法，今已失传，盖今日之名流多不会书写毛笔字。本期目录里有三处用到"图书馆"的缩写"圕"，这以后"圕"渐渐弃用。

本馆全体职员摄影

这张合影,显示着民国知识人的风度,表情肃穆,稀疏地站立着,可谓标准之"肃立"耳。这座普通图书馆位于"北平宣内头发胡同",馆方叹苦经:"本馆馆址既非图书馆之建筑,又复年久失修,以故欹斜渗漏黑暗秽湿在在不宜。"

　　据《全国中文期刊联合目录（1833—1949）》所载，《世界画报》凡六种，此其一也。上海生生美术公司出版，自1918年至1927年总出五十五期。全国各大图书馆没有一家收藏是全份的，曾经在旧书店见过一套全的，店家视若珍宝，开价十数万。寒舍存零本几册，创刊号在焉。

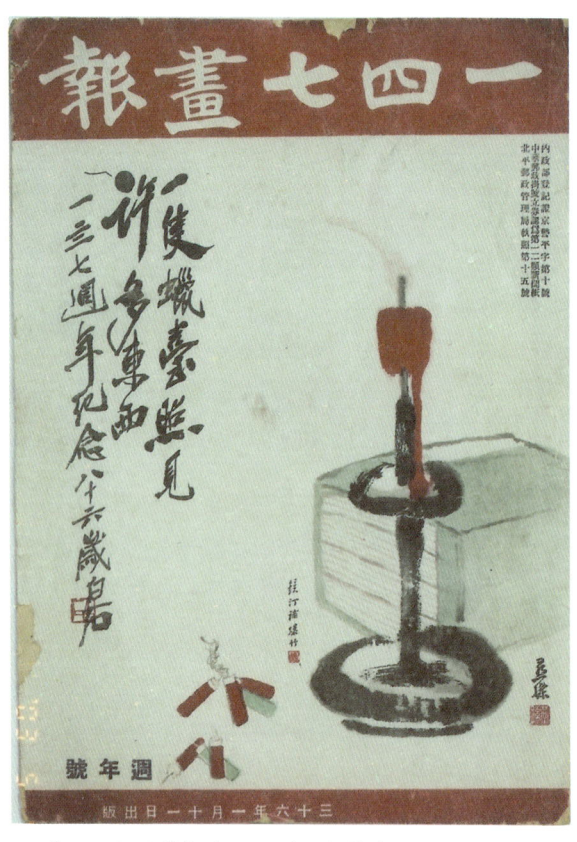

《一四七画报》为三日刊，每月逢1、4、7、11、14、17、21、24、27、31日出版。相似的三日刊还有《三六九画报》和《二五八画报》。这期封面为齐白石绘画，画题"一支蜡台照见许多东西"也许别有隐喻。

封面画的署名

之前写过施蛰存《现代》杂志六封面,意犹未尽,接着翻查旧刊,又有了一些有趣的小小发现。老杂志封面画,于近现代书籍装帧史处于附庸之地位,亦少有深入之研究,说来说去无非是"陶钱丰"(陶元庆、钱君匋、丰子恺)几位名家。几年前,南京金小明先生出了本小册子《书装零墨》,异军突起,钩沉发潜,一举发掘出几位鲜为人知的"书装家"(朱穌典、糜文焕、刘既漂),并且考证和破解了许多封面画署名的谜团,大大弥补了近现代书籍装帧史的空白。

由着"封面画署名"这个小话题,顺竿来攀一个高枝。话说1958年8月5日,中国绘画史悄无声息地迎来了个"惊天发现"——北宋范宽名画《谿山行旅图》的署名被台北故宫博物院副院长李霖灿发现了。李霖灿称:"忽然一道光线射过来,在那一群行旅人物之后,夹在树木之间,范宽两字名款赫然呈现。"我觉得李霖灿这个发现堪比1900年王道士发现藏经洞。同样面对"千古之谜",王道士纯属"运气好到爆",李霖灿则"功夫不负有心人"。还有一个必要条件,发现者必须与宝物零距离的朝夕厮守。"你凝望着深渊,深渊也凝望着你。"李霖灿近水楼台得职务之便,换成外人休想靠近《谿山行旅图》。我的意思是,寒斋所藏近现代期刊的封面画署名,理应自己来梳理,作一点小小的研究,偶有所获,不亦快哉。

我有个看法,"画封面""封面画"和"封面装帧"这三者,常常被混为一谈。早期的杂志,主办者多是请职业画师来为封面画画,如《礼拜六》《紫罗兰》《眉语》《民权素》《游戏杂志》,等等。刊名也是请名家题写,一般而言,落有名款或字号,较易辨识,我管这叫"画封面"。期刊勃兴之后,"封面画"多用现成的风景人物照片或古代书画及仕女图来应付,比起请画家专门画封面来得省事,牺牲掉的却是艺术趣味。"封面装帧"结合有前两者的元素,倒是能够一直流行到现在而不衰，唯优秀的产品每况愈下，工业化生产以来更是乏善可陈。三者之中，最先灭绝的是"画封面"，随之灭绝的便是"封面画署名"，皮之不存，毛将焉附。本文附有齐白石专为《一四七画报》绘的封面画，今天能够想象大画家干这种碎催的活儿么？

接下来盘点这些日子清点手边老旧期刊封面画署名的成绩，成绩越多，只能越说明过去自己的粗枝大叶，呵呵。

《现代》六封面作者之一庞熏琹的签名，即金小明所云"洋场化"署名式，辨识度几为零。旧存《时代画报》有一期封面画出自庞熏琹手笔，再之后1960年的《鲁迅选集》是庞的设计，这时候已经不必猜谜了，封面画署名的乐趣亦随之消失殆尽。

六封面作者之一叶灵凤，在《现代》那期封面画的署名是"VON"。叶灵凤多才多艺，编过几种文艺杂志，其中《六艺》杂志创刊号的封面画又是"VON"，其风格与《现代》那幅如出一辙。我附这张《六艺》书影，请大家观赏。顺带说一句，闻名遐迩的鲁少飞漫画《文坛茶话图》即刊载于《六艺》创刊号。到了二十世纪九十年代鲁少飞却不承认是他画了这幅著名的漫画，称"线条像我""记不起来了"。施蛰存为此写有《鲁少飞的心境》,称鲁少飞的态度是"拒不出土的心境"。进一步又说道:"好像今天的鲁少飞,还怕沾染邵洵美这个'纨绔公子'的病毒细菌。他像倪云林一样地有洁癖,非要掸掉身上的一些灰尘不可。"鲁少飞心存余悸情有可原,施蛰存话糙理不糙,要怪只能怪《文坛茶话图》画内没有署"鲁少飞"之名,尽管目录上署有"鲁少飞作"及画面下的一段文字说明亦署有"少飞",可这些白纸黑字的证据都不足以推翻或说服"此画显然是另有人在开鲁少飞的玩笑"等异议。我本想在《文坛茶话图》画面里也学学李霖灿以"网球法"搜出范宽那样搜出鲁少飞的名款,上下横竖搜了几圈,还是别犯这个傻了吧。

再多交代一句,《六艺》总出三期,却涵盖了"画封面""封面画""封面装帧"三者,创刊号是叶灵凤画封面,二三两期的封面画选用的是科申夫莱克和顿莱的木刻画,显然这两位洋艺术家不知情。"六艺"用的是美术字,美术体字乃三十年代的产物,钱君匋的最爱。美术字变化多端,富装饰感,多能增强封面的冲击力,偏偏"六艺"两个字两种底色,我觉得是个稚嫩的败招。

梁得所（1905—1938）主办的《小说半月刊》和《大众》画报非常出色，于文学期刊史及画报史排名应该是前三的位置。梁得所对于封面装帧费了很大的心血，每一期的封面画都专门请画家来画。梁得所自己在编后记中对于封面画给有评语，并刊有《封面画的来历》，详细解说封面画从构思到落实，连画家的草稿也列上了。本人阅刊无数，好像找不出第二个像梁得所这么认真而内行地对待封面画的主编。

这些日子的忙碌，仅手边的刊物便有了不少喜悦的发现，报告如下。十几年前于拍卖会以底价三百元得《文艺月刊》创刊号，该刊 1930 年 8 月创刊于南京，一向被新文学主流所鄙夷，该刊坚持出至 1941 年击破谰言，清者自清。封面画右下角有"兆和"两字，蒋兆和也！字和画均与习见的蒋氏风格大相径庭。其实邱陵的《书籍装帧艺术史》早就指出蒋兆和所作这幅封面画，我却当成新发现。

另一册也是创刊号，1930 年创刊的《现代学生》，刊名左下有"小三"两个小字，"三"斜四十五度。金小明称这是江小鹣（1894—1939）式的签名"小字加上三个小黑点或短横杠"。江小鹣最知名的封面画当为徐志摩的《自剖》。鲁迅1930年8月2日致方善境函云:"江小鹣之作,看之令人生丑感。"这是不是以偏概全的一己之见,请看《现代学生》封面画。

黄萍荪是另一位才华横溢却颇不受主流待见的编辑家,他主编的《越风》和《子曰丛刊》何其好看。"青山遮不住,毕竟东流去。"谁给历史留下文化遗产,谁就是干实事的文化人,那些瞎咧咧的褒贬在历史的洪流中顶多冒个泡而已。《子曰丛刊》有徐悲鸿画的封面画《奔马》,署有"卅七年八月为子曰作悲鸿",另有女画家陈小翠(1907—1968)作古人物封面画,署"小翠"。那些说黄萍荪"招摇撞骗"的专家,不是等于说徐悲鸿、陈小翠容易"上当受骗"么。

封面画署名的故事,一篇小文容不下,得空闲也仿照《书装零墨》写一本小册子,如何?

路东之曾作诗《收藏水缸》,里面有个随意的署名"岸",我觉得好极了,诗的前半截是这样的:

> 这硕大的陶器生于汉代
> 那个时候流行大袍

陶匠们在岸边和泥拉坯

整个天下都停电了

借着月光他们加班

夏晚的月亮在黄河里荡碎

年轻的陶工心猿意马

是谁用柳条划了一个"岸"字

担心着师傅又发脾气

这是富贵人家定做的水缸

昨天收下那串"半两"已经买谷

……

二〇一九年一月七日

陶亢德编过的杂志我十有八九

现在回忆起来,二十世纪八十年代末,旧书业尚处于"有钱就有货"的美好时光。我的朋友陆昕(代表作《闲话藏书》),就是那个时候开始买旧书的。陆昕买旧书很特别,慢悠悠地和店员聊着闲话,店员也知道他要找的是新文学旧版书,总是从库房里给他找,这些书门市上是不摆出来的,价钱自然要贵上几成。某天店员给陆昕拿来俞平伯的《忆》,一般的旧书十块钱顶天了,可店员说:"这书少见,得要三十块。"

那个时候我不大买旧书,倒是对民国杂志一见倾心,相知相守三十年,至今不改初衷。最初入手的是林语堂主办的三种小品文杂志,《宇宙风》《论语》和《人间世》。接下来,上海抗战时期所出《天地》《风雨谈》

《万象》《鲁迅风》《杂志》等刊物相继落掌。禁不住要夸奖自己一句,没交一分钱学费,没走一步冤枉路,所购杂志,自成专题,自成系列。

这些非主流的杂志,带给我全新的阅读感受,同时带来许多非主流的连名字也没听说过的作家和编辑,如文载道(金性尧)、周黎庵(周劭)、柳雨生(柳存仁)、周越然、纪果庵、苏青(冯和仪)、陶亢德等。自己偏爱杂志,因此见到文载道所写《期刊过眼录》(载《古今》)、陶亢德所写《谈杂志》(载《风雨谈》)更是必抢读而后快。《期刊过眼录》于我有购刊指南之作用,极其羡慕文载道所藏一百六十余种全份旧杂志。曾经冒昧地给金性尧先生去信,金先生称所藏早已"片甲不存"。陶亢德《谈杂志》载《风雨谈》创刊号,偏偏那期我缺,欲读而不得,很着急。已故藏书家倪墨炎先生当年主编《书城》,很好看的读书刊物,我想投稿,这样与倪墨炎先生来往了几回信。倪先生送我《风雨谈》第一、二期,我终于读到了《谈杂志》。读过之后,略有失望,陶亢德的"谈"与金性尧的"经眼"不是一回事。陶亢德题目应改为"谈谈我编过的杂志",那样的话,我就不至于着急上火先睹为快了。陶亢德说:"自民国二十年起到三十年为止,我参与过的,共同发起的,主编的,手创的杂志,仔细算算已经十有四个,其中除一二个之外,其余的可说与我都大有关系。"陶亢德说这番话是在1943年4月,所谓十四个后来有所增加。

最近,青年学人祝淳翔编辑《陶亢德文存》,我获赠一套,非常高兴和感激。陶亢德女儿陶洁女士说:"我当时并不知道有一群年轻人对民国时期的文学有兴趣,其中就有小祝和他的朋友宋希於。"(《写在〈陶亢德文存〉出版之际》)早些时候,宋希於告诉我,1948年出版的《好文章》杂志乃陶亢德所编。想起十年前我写《〈好文章〉作者小考》之时,所据资料只有那么少的几句话——"为了解决他们的生计(陶亢德、柳雨生等),有个出版社愿意为他们出版一个小本子丛刊,条件是:内容不得触犯时忌,不能用真名。"如今确定为陶亢德所主编,功劳应归于"小祝和他的朋友宋希於"。我也来蹭一点喜气吧,那天宋希於把"热气腾腾刚出锅"的《陶亢德文存》递给我时,我问他:"年纪轻轻为啥对那一时期的人物如此有兴趣?"小宋的回答大出意外:"我是看了您写的《北平何挹彭藏书记》后开始关注的。"果不其然,小宋对于何挹彭生平的深入考索,远远超过了我的所知。

论实干,我干不过年轻人啦,一百万字的《陶亢德文存》乃祝淳翔一个字一个字用电脑敲出来的,真了不起。看得见的只是表面上的一百万字,看不见的心血还有许多呢。陶洁说:"因此,要肯定一个笔名,小祝需要做很多考证工作。"对于《陶亢德文存》的问世,之前我"乐观其成",之后我"坐享其成"。良辰吉日之际,我来做一件久已有意的事情,数一数陶亢德编过的期刊,我实际拥有多少。陶亢德生于1908年11月8日,整整一百一十年之后的今夜,月明星稀,万籁俱寂,"梦醒我自披衣开窗坐,谁知我此时一点相思情"。

据祝淳翔的考核统计,陶亢德参与其事的刊物,大致有这些:《白华》《生活周刊》《星期三》《论语》《人间世》《宇宙风》《宇宙风乙刊》《西风》《宇宙风·西风·逸经非常时期联合旬刊》《大风》《天下事》《天下事港刊》《古今》《中华周报》《东西》《风雨谈》《中华月报》《好文章》。这些刊物里《白华》我一本没有,连名字也是刚刚知道;其余十七种寒舍均有存藏,全套无缺首尾相接的是九种,自忖成绩很不坏。

我不大喜欢《生活周刊》,尽管它闻名遐迩。林语堂旗下的《论语》《宇宙风》《人间世》三大杂志，我认为非常之棒。《宇宙风》总出一百五十二期（1935至1947年），收集全的难度不亚于十秒内跑完一百米。因为抗战的缘故，《宇宙风》后面的一百多期一直处于颠沛流离居无定所的状态（上海—广州—香港—桂林—重庆—广州），所以即便是上海的老订户也难以集全。陶亢德晚年回忆录里说："《论语》《人间世》《宇宙风》三个刊物纵有千错万不是，可也有它们的一定的业绩贡献。这些贡献影响之大，我在前半生是意想不到。"哪里有什么"千错万不是"？哪一寸国土是由《论语》手里丢掉的？哪一个士兵因为读了《宇宙风》而丧失了斗志？哪一位读者因为读了《人间世》而玩世不恭看破了红尘？抗战时期一直不间断出版，顽强地坚持到抗战胜利的文学刊物，请问，除了《宇宙风》，还有第二家么？

不仅如此，《宇宙风》为了保存抗战烽火中的文学阵地，还出版了五十六期《宇宙风乙刊》，七期《宇宙风·西风·逸经非常时期联合旬刊》。一直被主流学界诟病的"论语派"文人们，"平日袖手谈心性"，真到了啃节儿上，大多数人并未忘记"临危一死报君王"之古风。说到这，我插上一个与"论语派"不相干的例子，来说明厚此薄彼的不公平。巴金主编的《文丛》也是一个"且撤且出刊"的光荣战例，也是抗战时期作家们英勇无畏的表现。《文丛》在上海创刊，出到第五期（1937年7月15日）因"七七事变"停刊。1938年5月转移到广州《文丛》复刊，复刊出了三期，局势又趋紧张："为了敌人狂暴的轰炸，使我们的工作无法继续下去，于是有两个月了，《文丛》没有能依时出版。"12月20日《文丛》撤到桂林续出第四期。第四期上巴金在《写给读者》中悲愤交加地诉说：

> 本期《文丛》付印时……我以为在十月二十日以前一定可以看见它摆在广州市内的书店里。可是稿子还没有全部排好，大亚湾的炮声就隆隆地响了。我每天几次跑去印局催促，回来连夜阅改校样，结果也只能在十月十九日的傍晚得到全部纸型。那时敌骑早已越过增墙，警察也沿街高呼过"疏散人口"了。第二天夜里我们就仓皇地离开了广州。我除了简单的行李外还带了本期《文丛》的纸型，我就带出这一付纸型！21期的《烽火》虽

已全部排竣，可是没有被制成纸型的幸运，便被毁在21日广州市的大火中了。我带着纸型走过不少的地方，在敌人的接连不断的轰炸下居然没有把它遗失或损坏，这倒是我料想不到的。现在能够将它浇成铅版，印成书册，散布出去，在我也算是了却一个责任。我自然是高兴的。这本薄薄的刊物的印出，虽然对于抗战的伟业无何种贡献，但它也可以作为对于敌人的暴力的一个答复：我们的文化是任何暴力所不能够摧残的。十一月二十五日在桂林。

遗憾的是陶亢德没有机会来诉说与巴金相同的经历，便被历史的漩涡卷入深渊。

《大风》《天下事》《天下事港刊》《人世间》四本刊物，抗战的气氛非常浓烈。《大风》发刊词尤为壮怀激烈："《大风》旬刊之产生，筹备之经过，简略报告，数言可尽。溯自卢沟桥事变发生，民族存亡之大决战开始。平津冀绥晋沪杭相继失守。文化事业，最受摧残。我同人等既从事文化事业，何能袖手旁观而轻卸为国为民之责？"守土之责，文人理应承担一份，惟"相继失守"之后，守土与守节，文人即面临"不可承受之责"，真正能够做的实在有限，幸与不幸，难说得很。《大风》坚持出版了一百零一期，要知道就算是和平时期一百期也是文学刊物难以逾越的大关。

《陶亢德文存》带给我的意外之喜不只上述这些，祝淳翔发掘出二十来岁的陶亢德竟然在《红玫瑰》杂志上发表过大量短篇小说。我作为杂志癖者，欣然宣布，《红玫瑰》杂志总出二八八期，寒舍存藏二二八期，陶亢德少作悉数在焉。

二〇一八年十一月十日

听施蛰存讲那过去《现代》的故事

施蛰存(1905—2003)晚年的回忆,对于了解《现代》杂志的内情太有用了。听听施蛰存讲讲那过去《现代》的故事,好像那首老歌的如怨如诉:"月亮在白莲花般的云朵里穿行,晚风吹来一阵阵快乐的歌声,我们坐在高高的谷堆旁边,听妈妈讲那过去的事情。"

当年我对于影印刊物看之不起,总是妄图收集齐全原版刊物,这种一念之差,使得我的《现代》收集至今仍缺少一期。又是因为只少一期,所以仍旧顽固地不买《现代》影印本。说起影印老旧期刊,《现代》《太白》《新潮》那批一九八〇年代的产品,质量真高。原版《现代》的好处在于图片,随文的几张漂亮书影,风姿绰约,三十年代的文艺气息扑面而来,您不觉得么?

二十年前有过一次"二十四小时泉城买书记",所购刊物里即有二十几期《现代》,含创刊号,但非全套。施蛰存在《〈现代〉杂忆》里讲过:"第三卷第一期是'五月特大号',文字只有一七六页,并无'特大'之处。于是我选印了一册《现代中国木刻选》,收夏朋、陈烟桥、何一川等木刻八版,作为别册附赠品,这也是从日本刊物学来的办法。这一本木刻选,当时也颇受欢迎,因为木刻正是一种新兴艺术。由于它是夹在本期《现代》中的单行本,读者买去后就另外收藏,近年来我看到几套全份的《现代》,都不见有这一本附赠品,可知它极容易散失。"

从济南买回的这套《现代》里有"第三卷第一期",我翻过几遍,也没有附赠品《现代中国木刻选》,颇感失望。既然施蛰存经眼的"几套全份的《现代》"均无附赠品,我偶得《现代》哪里会有这么好的运气。过了几年,在潘家园旧书摊,出现了一套《现代》杂志,差几期就全了。与摊主还了还价,买了。回到家第一件事就是翻"第三卷第一期",找的就是附赠品呀。当期目录写有"本期别册特辑:现代中国木刻选",还有原书主的一行字"别册在第76页"。我赶到七十六页，空空如也。费了这么大劲儿，不计重复花钱地买了两套《现代》，就这下场？心实不甘。接着整理新购入的《现代》，登记造册，忽然间在第三卷第二期里翻出了《现代中国木刻选》，惊喜得心都跳了。淘买旧书几十载，怦然心动者，屈指可数的只有几回，购得张爱玲《流言》初版本，打开邮包的一瞬，算一回。《现代中国木刻选》，薄薄八页，开本比杂志小一半，夹在厚厚的《现代》里，隐藏很深呀。我判断是原书主拿出来观赏之后，搁到一边，一个月后随手夹在第二期里。

这个关于《现代》的奇遇，更早的年代也发生过。1944年6月9日，纪果庵（1909—1965）于《风雨谈》杂志上发表《篁轩记》，写了许多买书的故事，其中一则云："大约是去年，看见一个极熟的书店收来许多本《东方杂志》，说是要论斤出售了，因为零卖不合算，我心中有不少珍惜之意，顺手取四十余册，有的是二十六年八月出版，亦是在北京不曾看到的，而且有一册里竟夹着一小本《文学》的战时版，这都使人有意外的高兴。"

《文学》杂志（1933年7月创刊）比之《现代》（1932年5月创刊）晚了一年多，同样强大的作者阵容，同样的庞然大物。逢战争爆发，《文学》停刊，最后两期篇幅大为缩减，开本也小了一半，全失《文学》伟岸之雄姿。最后两期《文学》俗称"战时版"，存世甚罕（私人收藏里，据我所知，范用存有），我的《文学》经过多年苦苦寻觅，终于得到一册"战时版"，尚差另一册，鄙藏之《文学》即可完璧。有了施蛰存和纪果庵讲的故事，也许您能理解我们淘书客的略嫌怪癖的愉悦吧。

施蛰存于回忆中大倒苦水："大作家不容易侍候呀！"这是怎么回事呢？施蛰存称："我创办《现代》，得到许多前辈作家的支援，惟有郭沫若远在日本，我没有机会登门求助。"施蛰存通过叶灵凤向郭沫若约稿，未果；亲自给郭沫若写信约稿，未果；施蛰存求贤若渴，又和杜衡联名给郭沫若写信，这回郭沫若答应了——答应将"预备让现代书局印行单行本的《离沪之前》先在《现代》上发表"。虽然不给你施蛰存新稿，但总算给了你面子。现代书局的新书先在《现代》杂志上预热，双赢的事情，施蛰存想得挺好，将《离沪之前》做连载，第一部分先发在四卷一期。没料到四卷一期正在排印，"《离沪之前》是散文，恰巧这一期的《现代》另有一篇周作人的散文，我就在目录上把郭沫若的名字排在周作人之后。大约是叶灵凤看见了，写信去报告郭沫若。……大约是十月中旬，郭沫若有信给灵凤，通知他把《离沪之前》马上就印单行本，不要在《现代》上继续发表。"

成也灵凤，败也灵凤。慌急无措的施蛰存只好求助叶灵凤去信给郭沫若解释这个"无心之失"。之后，"我和杜衡（《现代》主编之一）给郭沫若去了一封信。这封信大概写得非常宛转、非常恭敬，使郭先生的不愉快涣然冰释。"郭沫若的复信写得非常之棒，可入现代名翰吧：

> 大札奉悉，前致灵凤函，所争非纸面上之地位，仆虽庸鲁，尚不致陋劣至此。我志在破坏偶像，无端得与偶像并列，亦非所安耳。大致如此，请笑笑可也。专复，即颂 撰安
>
> 杜　衡
> 　　　二先生　　　　　　　　郭沫若　一月十日
> 施蛰存

就此，一场"现代版'争座位帖'"大戏，圆满落幕。

郭沫若的脾气,《离沪之前》已露端倪,如"下午跳读了些《中国文学研究》,也真是狗吃牛屎图多。资本家的印刷事业就是这个样子。可惜了有用的纸张,可惜了印刷工人的劳力,可惜了读者的精神。编的人也真是罪过,罪过!"郭沫若斥为"狗吃牛屎图多"的《中国文学研究》,我以为指的是1927年6月《小说月报》以"号外"形式出版的《中国文学研究》(上下册)。所谓"狗吃牛屎图多",可全是吴道子、梁楷、夏珪、黄公望、徐渭、傅山等名家呀。

郭沫若所言"志在破坏偶像",真是"笑笑可也"。几年之后,还是这位郭沫若,却写出了真挚极了的《国难声中怀知堂》,内云:

> 近年来能够在文化界树一风格,撑得起来,对于国际友人可以分庭抗礼,替我们民族争得几分人格的人,并没有好几个。而我们知堂是这没有好几个中的特出一头地者,虽然年青一代的人不见得尽能了解。"如可赎兮,人百其身",知堂如真的可以飞到南边来,比如就像我这样的人,为了掉换他,就死上几千百个都是不算一回事的。

每读此文，我都会感动得不能自已。并将之与胡适1938年8月4日寄给知堂的八行诗，列为双璧。总比艾青的《忏悔吧，×××》，来得温蕴，来得人性。

惹出"争座位帖"麻烦的《现代》第四卷，实为《现代》中最耀眼夺目的一卷。施蛰存说："一般月刊，都以一年十二期为一卷。我把《现代》改作以半年六期为一卷。"关于第四卷六期，施蛰存说："第四卷开始风格大变，我请庞薰琹、张光宇、雷圭元、郭建英、叶灵凤、周多，这些当时都深受西方结构主义和超现实主义影响的美术界新锐、名家轮流设计每期的封面画稿，颇具现代艺术趣味。"

如今把这六幅封面画，展现给大家，为的是永远铭记施蛰存等老一辈作家，为文学的人生，为艺术的人生，付出了多么不寻常的才华和热情。

二〇一八年十二月二日

黄裳1942年冬离沪入蜀日期小考

1942年,青年黄裳(1919—2012)漂泊在上海,过着"醉梦时多,醒时少"的日子。黄裳后来回忆道:"当时是珍珠港事变之后,日寇及伪方势力已侵入租界……政治压迫不断袭来,交大随时有改换招牌之虞……大家都觉得上海住不下去了,我是想到重庆交大去续学,[黄]宗江则希望到重庆去演戏。当时商定一行四人间关入蜀,我与宗江外还有南开同班的周杲良和宋希(亦即宋淇Stephen C. Soong,林以亮之弟)。"(《来燕榭集外文钞》后记)

黄裳一行四人1942年冬离沪赴川,到底是哪一天离开上海的,有四种说法,其中三种来自黄裳本人。"哪一天"纯属枝节末梢,我却以为值得考索一番,不必大动干戈,材料就在黄裳的文章里,只需花一点儿工夫摸排推算,"哪一天"就能锁定了,这个过程非常令人享受。

流传最广引用最多的是"一九四二年冬说"(有时省略"冬")。黄裳多次写道:"《锦帆集》记录了我从1942年冬离开了上海后的两年中间的流浪生活。"(《锦帆集·后记》附记)

> 三十一年冬,我们一行四众,经过南京、徐州、商丘、洛阳、宝鸡入蜀。(1946年12月20日上午四时《跋〈卖艺人家〉》)
>
> 一九四二年的冬天,我带着一个"逃亡者"的心情第一次路过这个城市(南京),只停留了两天。……
>
> 三十七年以前一个冬天的薄暮,我和一个朋友从秦淮河畔走到了鸡鸣寺。(1980年1月12日《重过鸡鸣寺》)
>
> 这次的重登扫叶楼,在我已经是第三次或第四次了,但至今还不能忘记的是一九四二年冬去四川

途经南京时的第一次来访。(1980年2月7日《扫叶楼》)

一九四二年过南京,那正是汪精卫开伪府于金陵的时候。(2000年5月30日《南京情调》序)

一九四二年入蜀,回到了重庆九龙坡的交大。(2003年9月24日《寻找自我》)

一九四二年入蜀以后,写作不多。……
一九四二年冬,为了驱遣客中寂寞,忽然写起无题诗来,前后得若干首。(2004年12月16日《来燕榭集外文钞》后记)

一九四二年离沪之前,他(柯灵)对我的行止也是完全了解的。(2007年1月29日《忆旧不难》)

新近创刊的《掌故》,载有励俊长文《江南遗梦似风烟——记黄裳与黄宗英》。此文很有意思,作者乃资深"黄迷",将黄裳暗恋黄宗英的故事描画得如泣如诉,至少我大受感动。我又禁不住与友人聊起读励文之感受，开玩笑地说，黄宗英健在，既然已经费了这么大的考证功夫，还不如直接找黄宗英求证"确有此事"或"确无此事"呢。作者在黄裳离沪入蜀的时间上亦不假思索地说："一九四二年的冬天，他和黄宗江一行结伴离沪去大后方。"其实，作者已经距离考证出黄裳离沪的具体时间非常接近了，也许是太沉湎于黄裳情诗的缘故，竟然让那句关键极了的"想起了昨天的别宴，她们都上了妆"滑了过去。

说来"一九四二年冬"不算什么大错，可是稍嫌笼统和模糊。一九四二年一月、二月甚至三月都可归为"冬"，十一月、十二月也属于"一九四二年冬"，一头一尾差着八九个月呢。换言之，"一九四二年春""一九四二年夏"和"一九四二年秋"都不会引起歧义，唯独一年里有两个半拉子的冬天，在表述上不如改为具体的月份较为妥当。

另一种说法来自黄裳1953年填写的"简历"：

1942.11 由上海入重庆 证明人黄宗江。

按常理"简历"的准确性要高于晚年的回忆录之

类,盖"组织"可不是好耍的。1953年离1942年不过十来年,黄裳的记忆也不会差到哪去。可惜呀,这个日期与黄裳的另一种说法抵牾——"我和宗江是在'一二·八'周年的日子离沪的。路上走了一个多月,1943年初到达重庆。"(《来燕榭集外文钞》后记)

"我和宗江是在'一二·八'周年的日子离沪的。"这个说法有明确的时间,即1942年12月8日。此外还有一个旁证支持,同行的黄宗江(1921—2010)也是这么说的:"黄裳与我,少年同窗于天津南开……'七七'事起,校亡于日侵,我们迫做少年游于'孤岛'沪滨。……太平洋战争周年日,我们又一同入川。"(《贺黄裳书展》)黄裳、黄宗江两位当事人的"'一二·八'周年说",按常理说应该是铁证如山了吧,可惜呀,事实上"'一二·八'周年说"是站不住脚的,除非上海到南京的火车要开二十几天。

第四个说法来自邹霆、李润新合撰的《黄宗江传》(见江西人民出版社1981年5月版《中国现代戏剧电影艺术家传》第一辑):"黄宗江之所以在自己事业的上升时期,脱离上海戏剧圈,远去多雾的古渝州'开码头''闯江湖',一切从零开始,主要原因有二:第一,宗江认为自己在上海戏剧界，'名高一尺，魔高一丈，敌人大网，不日张来，失节堪虑'……于是，就和老同学黄裳一道离沪，沿着陇海—宝成铁路线，向天府之国进发。一九四三年一月八日，黄宗江告别了纸醉金迷的'夜上海'。"

这个说法是宋希於兄提供给我的，一开始我认为"一九四三年一月八日"最不足采信，随着摸排推算的深入，这个日子上升到最有可能是黄裳一行离沪的日子，我真感觉后怕。宋希於兄1989年出生，年纪轻轻，考据功夫却十分厉害，多次挽救和修复我的硬伤。我与他开玩笑道："成语辞典特为你加了一个词：后生可畏。"下面的几步推算也有宋兄的提示，我年长他太多，实在不好意思掠美。

现在来演算一下"哪一天"是如何确定下来的。

黄裳在《白门秋柳》写道："我们到南京时是一个风沙蔽天的日子……对面的街上有一家书店，我们踱进去看。里面放着几本从上海来的杂志和北方来的'三六九'（戏剧刊物）。另外有一册南京本地出版的《人间味》。在屠刀下面的'文士'们似乎还很悠闲地吟咏着他们的'人间味'，这就使我想起'世间无一可食亦无一可言'的话来，这虽然是仙人的说话，也正可以显示今日的江南的无声的悲哀。在无声中，也还有这种发自墙缝间的悲哀的调子。"我存有全份《人间味》，它的创刊号是1943年元旦出版的，黄裳看到的是创刊号。换言之，1943年元旦前或后的那几天，黄裳一行四人才刚刚抵达西行第一站南京，这也是我上面所说"除非上海到南京的火车要开二十几天"的依据。再换言之，《人间味》创刊号须提前二十几天出版，才能够赶得上迎候"'一二·八'周年"启程的黄裳。据此两点，"'一二·八'周年说"理应排除。

黄裳们在南京待了三天，《白门秋柳》里写道："所有比较像样一点的旅馆都没有了房间，南京的所以如此热闹，是那几天正在开着什么会，'冠盖满京华'了的缘故。"据宋希於的查考，"那几天"有大约这样几个会在南京召开："1月9日，汪伪发布《国府宣战布告》，声称'对英美处于战争状态'，南京新闻界、文化界召开座谈会。汪伪宣传部于12日通令停演英美电影。""1月13日，汪伪改组行政机构。""1月14日，汪记国民党在南京召开伪六届五中全会。"因此，黄裳们很大可能是1月9日至14日这几天在南京。换言之，"1943

年1月8日"离沪的黄裳们才有可能既赶上《人间味》新鲜的创刊号,又因为"冠盖满京华"而住不上"像样一点的旅馆。"

"1943年1月8日说"之所以脱颖而出,还有赖于黄裳在《过徐州》里的这句话:"这时正是阴历的腊月初旬,集市里陈列着各色的布匹,铜器。"查万年历可知,"1943年1月6日是腊月初一,1月15日是腊月初十。"因此,黄裳们1月6日至15日(腊月初旬)之中的某几天在徐州。从前往后推算,1月8、9、10日三天在南京,11、12、13日三天在徐州。从后往前推算,1月15、14、13日三天在徐州,12、11、10日三天在南京。这是满打满的算法,再刨去乘火车的时间呢,"1943年1月8日说",应该站得住脚了。换言之,"一九四二年冬"很遗憾,你被排除了。

西行之川资,一行四众顶属黄裳这份来之不易:"实在走投无路了,这时周黎厂正逼稿甚紧,当时年少气盛,不免有点狂,气闷之余,就想如能从敌人手中取得逃亡的经费,该是多么惊险而好玩的事。于是下了卖稿的决心。"(《来燕榭集外文钞》后记)

周黎厂即周劭(1916—2003),他在《古今》杂志

"周年纪念特大号"（1943年3月）上写有《一年来的编辑杂记》，其中写到黄裳："他似乎很厌弃上海，常常说要走，但又常常不走，结果是一声不响的一走了之。……在最近，他才从途过徐州时，给我一张明片，寥寥几个字，又不着地址，使我无从回信，但因此，方使我知道他已北上了。"黄裳《过徐州》有两句提到明信片："W买了两套徐州风景的明信片""W也写好了明信片。……都准备第二天托X先生给寄回上海去。"

既然利用《白门秋柳》《过徐州》两文便能够确定下来"1943年1月8日"是黄裳一行离开上海的日子，那么后面的路程（黄裳："入蜀记"之三《宝鸡—广元》）我就省事了，黄裳写得非常详细而且记有日记，黄宗江也有《君子》一文记叙："大年下困在宝鸡，没有盘川再往前走，发出电信去，等人救济。连吃饭的钱都挤不出来了，中午就吃一顿窝窝头，倒也挺香的。"

说起来，我父亲1946年2月的出川路线（重庆至上海），正与黄裳入川路线同。父亲是受中华书局委派前往上海接管中华书局，父亲"途中日记"自2月21日记起，3月14日晚抵达上海，共计二十余天，而黄裳入川好像费了更多的时日。父亲3月6日日记："汽车带我们到谷水，算是任务告终，我们只得另想办法到洛阳。雇了一辆四马大车装运行李，我、周、钱、刘诸君分乘驴子四匹，十一时抵洛阳。陕川至洛阳一百五十五公里，路程足足走了两天半，才告完成，和重庆至广元六百二十五公里也不过走三天路程，真是有天壤之别了。今天住宿洛都旅馆，该馆清洁整齐，堪称洛阳第一家。下午购票至开封，火车站上拥挤异常，我们买到三等票，七日上午八时开车去汴。"请注意这句"重庆至广元六百二十五公里也不过走三天路程"，据此大概就能够推算出黄裳抵达目的地重庆的日期。

二〇一八年二月九日

《文艺月刊》创刊号封面由画家蒋兆和（1904—1986）绘作，封面右下署名"兆和"。十数年前我自拍卖场以三百元购得。近日重新扫描，才发现创刊号还是毛边装帧，尤为难得。再仔细查看里面，又发现一枚"沈正元"名章。沈正元是位旧文人。

《现代学生》与《文艺月刊》均创刊于1930年，前者在上海，后者于南京。这张封面画要仔细看，刊名左下有"小三"两个小字，"三"斜四十五度。这是江小鹣的签名式，"小字加上三个小黑点或短横杠"。江小鹣最知名的封面画当为徐志摩的《自剖》。

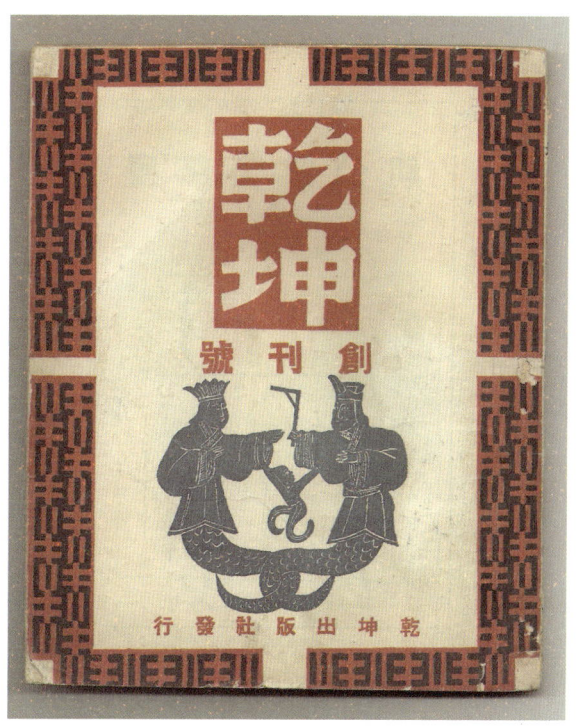

《乾坤》杂志只出了两期,我先于旧书店得创刊号,隔了很久才在网络书店购得第二期,遂全璧焉。这本小刊物很不起眼,只有刊名使人联想起许多嘉言,如"乾坤容我静,名利任人忙""岁月无多人易老,乾坤虽大愁难著"。

收藏家王世襄(1914—2009)求学时代有多篇文章发表在《华光》杂志,我在偶然的发现中考证出那些署名"畅安""让言""陶生"的文章均为王世襄所作。王世襄先生特为这点小事打来电话,问:你怎么会收藏有年代那么久远的《华光》杂志?

读者常常将林语堂创办的《人间世》杂志误写为《人世间》杂志,这也难怪,"人世间"很顺口的么。《人间世》杂志别无分号,只有林语堂这一种。《人世间》有两种,一种陶亢德参与编辑(如图),另一种为凤子(封凤子,1912—1996)主编。

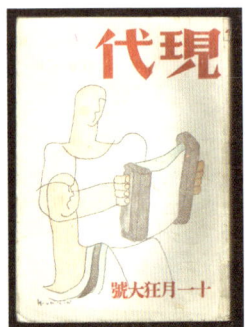

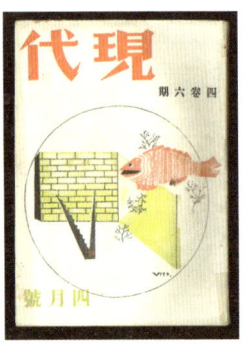

施蛰存主编的《现代》杂志第四卷全六期,"六君子"首次聚于一图。施蛰存说:"第四卷开始风格大变,我请庞薰琴、张光宇、雷圭元、郭建英、叶灵凤、周多,这些当时都深受西方结构主义和超现实主义影响的美术界新锐、名家轮流设计每期的封面画稿,颇具现代艺术趣味。"

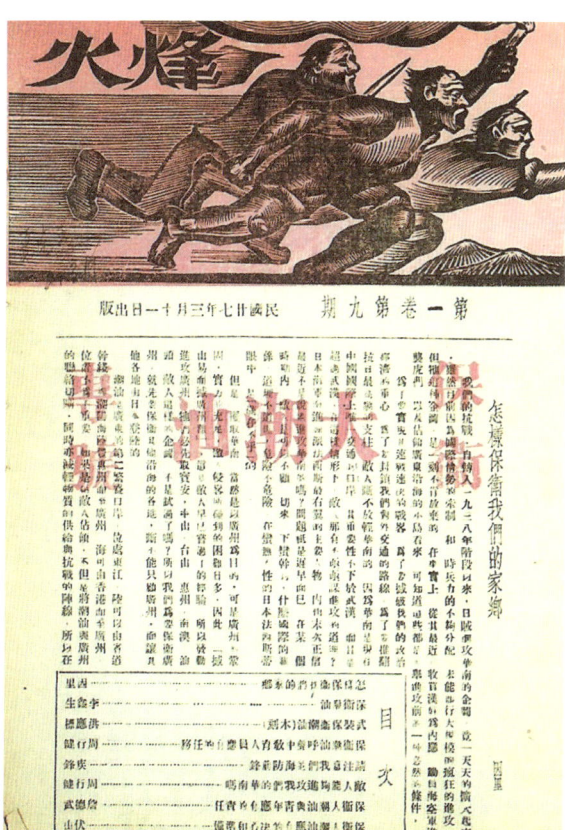

抗战烽火中诞生的《烽火》杂志，寒舍所存为套色油印本"保卫大潮汕专号"。

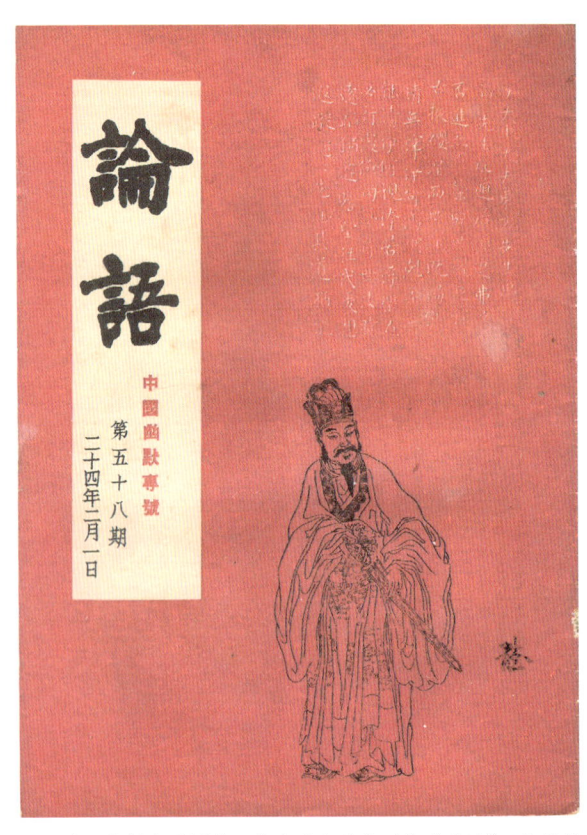

林语堂创办吾国第一份幽默小品文刊物《论语》，宣扬所谓"人生在世无非有时笑笑人家，有时给人家笑笑。"此册为"中国幽默专号"。

《电影新闻》两种

过去淘买老旧电影杂志,大都来去匆匆,没有细细翻阅,及至今天动笔时才知道自己收存的《电影新闻》是两种同名刊物而非一家子。其实当年只要细心一点儿就会发现两者之间有很明显的区别,封面的字体就不一样嘛。一般来说,刊物有两样是始终不变的,一个是刊名,一个是刊名的字体。

刊名在封面下方,封面人物是黎莉莉的这本《电影新闻》创刊于1935年7月,周刊性质,只出版了半年十几期便停刊了。另一本《电影新闻》,刊名在上,封面女星是路明。1939年上海"孤岛时期"创办,出版了十八期,也是周刊性质;既然标榜"新闻",追求的是速度,刊期不宜超过一周。另外还有一种《电影新闻》是日刊，便与报纸无甚区别，可惜我没有存藏，只是在目录上看到过。

电影界从来不缺少新闻，假如这几天真的没有新闻，记者们也会想办法制造出新闻来。有时候，人是真的，事是假的；有时候，事是真的，人是假的。鲁迅说得好："人物的模特儿也一样，没有专用过一个人，往往嘴在浙江，脸在北京，衣服在山西，是一个拼凑起来的角色。"电影圈子里软新闻多，硬新闻少，这是没有法子的事，不编造一些新闻，那么多的版面如何填充。不管真假，总有影迷爱看并坚信不疑。影星的一举手一投足，一笑一颦，无不使得影迷陶醉其中。老旧影刊里的图片最受影迷欢迎，有意无意之中，某些珍贵的图片作为历史档案尘封起来。今天重新打开，物是人非，花开花落，别有一番滋味。黎莉莉封面的背后是一组明星生活照片，"王莹和蓝苹"这张最易引人遐想。王莹在前，蓝苹从背后伸出笑嘻嘻的脑袋。两位当红明星亲密无间，谁能料想到几十年后的故事。

过去的新闻经过历史的洗汰，总会有某些有益的资料沉淀下来，流言蜚语则随风而逝。比如这篇《北平五大影院及其观众的分析》，就是难得一见的影史文献。

文章写道:"北平的电影事业的一切,比较其他大城市,差得多了。就拿天津来说吧,不但放映影片的优先权,就是影院一切建筑设备,也不免相形见绌。现在平市虽然电影院很不少,但是设备尚称完善的,只有这五大电影院——平安、光陆、真光、中央、中天。"

作者详细描写了这五大影院的优劣、地理位置、观众群类和硬件设施。说到"中天"座椅的不舒服及柱子的碍眼,称之为"吃柱子",非常形象。今天的观众想象不出旧时电影院的简陋,见识过它们你就明白人世间所有的富丽堂皇都不是一蹴而就。我将这五家旧电影院后来的名称写在这里,"平安"即儿童电影院,"光陆"即大华电影院,"真光"即中国儿童剧场,"中央"即北京音乐厅。"中天"说法不一,有资料称:"1923年7月底,西长安牌楼南新华街北口建成中天电影花园,现为北京音乐厅。"还有资料称:"绒线胡同西口路南有家日本人办的电影院叫国泰,后来改名中天。"这个资料与《北平旅行指南》的记载"国泰 绒线胡同"一致。我没有实地考察过这几家影院还是否存在。

除了电影院旧史,《电影新闻》还有一篇《露天影戏院小史》亦具价值,考证出"宣统二年上海某花园草地上放映电影,为露天电影之最早"。我是个影迷,曾经写过一篇小文《月色溶溶下的露天电影》,曾经在内蒙古农村、青海高原看过纯粹的露天电影,天为幕,地为座,其情其景,终生难忘。

两种《电影新闻》均大谈"香艳趣史",居然还号称"为电影宣扬文化"!八卦新闻比比皆是,"陈娟娟海外拜寄爷""某司令叫条子,白杨怫然作色""痴肥日甚减瘦无术,蝴蝶上镜头成问题"。这个栏目《银色鸳鸯谱》很有点儿意思,"黎灼灼醉吻金焰""西行风雨白杨萧萧,南浦烟水蓝蘋飘飘"。

新闻总是遵循自生自灭的原理,我们不必担心它的生命,当新的一天开始,新闻会从四面八方赶过来,填满空虚的生活。

二〇一八年十二月二十八日

《时代漫画》五帖

一九三〇年代，中国现代漫画史迎来了一本标志性的杂志——《时代漫画》，1934年1月于上海创刊，1937年6月出至第三十九期终刊；中间一度遭禁刊，代之以《独立漫画》。漫画是直观的，一目了然的，可是当漫画成为刊物时，随即产生了一个"阅读"的问题。本文即是尝试，随机选出手边的五期《时代漫画》来，姑算作解读罢。

第三十五期《全国无名作家专号》

本期正逢"三周纪念"即出版三年矣。《时代漫画》封面和封底样式一模一样，只不过封面漫画作者不同，拿在手里，当"左翻本"也行，"右翻本"也行。封面的漫画作者黄伟强（广州），名不见经传，符合"无名作者"宗旨。画名《都市外表的堆砌面》，表现大城市的光怪陆离、醉生梦死的虚荣外表。封底的漫画作者车幅（成都），画名《成都花街的特写》，写有一段说明："花街在新东门一角，有神女八百，其对象为下层阶级，每夜夜度资，至多三元，少至六七吊铜元者……"著名画家丁聪十年后也曾画过《花街》，刊于吴祖光主编的《清明》杂志，成为漫画名作。

《时代漫画》不像文学刊物，它不设目录，也设不了，文图混杂，很琐碎的小漫画小短文，形不成目录。甭说目录了，连不可或缺的页码也不设，缺页与否，自行判定。好在第一页的"前奏曲"，末页的"编后记"，告诉你首尾在哪。"前奏曲"中心是一幅漫画，围绕四周的是十来条社会新闻，五花八门，皆能化为漫画的素材。如：

>杭州《东南日报》载张学良近状，态度甚为闲逸，每日打乒乓球，至高兴时，则常去鞋赤脚，狂挥其球拍。喜食橘子，每次能尽十余枚。所读之书，

为《明儒学案》及《黄梨洲全集》等，亦颇用功。

想象这样的一幅漫画：张少帅一身运动装束，一手握球拍，一手持书卷，嘴里大吃其橘子，"陕变"与俺何干？（按：当时的媒体有称"西安事变"为"陕变"。）

《时代漫画》封面底均为彩图，中间还有四页彩插，其中一幅往往是"连页漫画"，也就是说，刊物是十六开的话，其中一幅漫画便为八开，这么大幅的漫画，以后物质宽裕的时代也极少见。本期八开漫画的殊荣给了沈逸千的《新淘金记——克复百灵庙之后》。几年后，擅画塞北风光的沈逸千，从行进的卡车上不慎掉下来，摔死了。

沈逸千这幅漫画背面是丁聪的彩色漫画《贱价的支配》，旁白曰："娼妓：别那样神气，给你几个铜子，就得拉了我跑！车夫：算了吧，我放掉了车子，你还会不拉我吗？！"丁聪早期的漫画，他自己说"荡然无存"，幸有漫画刊物忠诚地代为保存着。

第廿八期《社会问题专号》

《时代漫画》喜欢出"专号",专号不专,比如"无名作家专号"里还是久已成名的画家占多数,其实这么做亦是按规律办刊,你弄一堆无名之辈来,读者就不答应。"社会问题专号"有语病,漫画的本质即社会问题的折射板,有哪一幅漫画能够置身社会之外?何必再叠床架屋来个什么专号。

本期封面漫画是鲁少飞的《开辟新时代》,意思很明白:一边是少爷小姐们在水边嬉戏,一边是骨瘦如柴的纤夫卖苦力。鲁少飞是"时漫"的主编,《文坛茶话图》是鲁少飞名作,几十年后他却否认"线条像我,记不起来了"。封底是黄尧的《丈二和尚》。黄尧的连环漫画《牛鼻子》最受欢迎,我却很不喜欢牛鼻子的造型。

"时漫"的东家是邵洵美旗下的时代图书公司,因此在封二也会做做邵洵美主编的《论语》广告,正巧本期做的是《论语·鬼故事专号》(上下册)的宣传。"鬼故事专号"极其出色,也极其昂贵。

天津漫画名家冯棣(朋弟),以连环漫画"老夫子""老白薯"驰誉漫坛。一九八〇年代有香港漫画家王泽剽窃冯棣的"老夫子""老白薯"的创意,可是漫画的"专利权""商标权"均很模糊,虽有冯骥才替冯棣打抱不平,声讨王泽的行为,最终却不了了之。本期载冯棣一漫画《完全责任》,一短文《漫话漫画》,短文云:"关于技巧有三个阶段,第一是'画不像',第二是'画像',第三是'不画像',现在许多过于自量的人,第一步还未走过,便拼命想在第三个阶段里来碰,这是还没学爬就来学飞。"

曹涵美所绘《金瓶梅》于"时漫"连载,一期一回,上图下文,后结集成单行本,十分畅销。曹涵美曾在《泼克》杂志写有《我怎样画工笔画》,认为他的《金瓶梅》《红楼梦》《儒林外史》系列不是漫画。刊载有张爱玲作品的《万象》杂志,前十二期封面画均出自曹涵美手笔,美艳之极。

写过《回忆鲁迅先生》的荆有麟,经常于漫画刊物上看到他的文章,这样的"跨界",少有人提及。本期载荆有麟的《奇迹——戏拟狂言》,不知道该归于杂文还是寓言;内有三个人物,"水鬼""小孩甲""小孩乙"。读了两遍还是不明白荆有麟的寓意,似乎只有水鬼的这句话里藏有玄机:"咱家水鬼是也,自从那年发奋，整顿水族，到如今，已六十八载，虽还没有灭绝人类，但已可以在大陆上自由活动，再不受人们干涉，这固然是人类退化，可是也是吾们水族努力的结果，现在乘着这样好的天时，不免再到大陆一走，看看有否机会打劫。……呀，在这样的天气中，大陆上的人们，竟还睡得这样沉醉，真是天助吾也，哈哈哈。"

本期"时漫"出版于1936年7月，往前推六十八年，即1868年。我有点儿整明白了，1868年日本发生明治维新运动，"整顿水族"即指此事。水鬼是日本，甲乙小孩代指"中国内战"。

第十七期《时代漫画》

这本"时漫"封面是胡考的《戽水》。戽斗，旧时取水灌田的农具，机关巧设，农夫的智慧。那时的电影里也有戽水的镜头。不知道戽斗现在还有没有使用，怕是失传了也说不定。胡考漫画题材不拘一格，形式多样，我非常喜欢，可惜后来不画了，改写小说，成就远不及漫画。

封底是盛公木《大人国内的小绅士》，构思巧妙，大胆惊俗，具西洋漫画之风格。漫画的开放程度，取决于时代文明的程度，魏绍昌称"三十年代漫画与唐诗宋词元曲明清小说，都是代表一个时代最富特色、创造力以及名家荟萃的文艺种类"。

荆有麟文思若涌，这期有《既往杂谈》，这回能看懂，杂文杂闻，半真半假，信则有，不信则无。试举一条："辛亥革命后，山西大学某学究，甚不满意学校当局增聘外国教授，适逢年节，学校请其写春联，彼即应手而书曰：'大学堂小学堂大小学堂中学堂学一些半人半鬼''东教习西教习东西教习华教习几位无父无君'"上联二十字下联十九字，荆有麟少抄一字吧。

本期荆有麟还有一篇散文《南京的春天与春天的南京》，作家张若谷有杂文《孔夫子翻筋斗》，剧作家欧阳予倩散文《广东话》。后者好读得很，观察细微：

广东人吃菜颇重滋补，据说与多妻主义有关。桌上若有山瑞狗鱼果子狸之类的东西东家必定让客多吃一点，说"这是有益的"。每次婆妈（就是娘姨也叫姨妈。丫头叫妹仔，小大姐多半的长年的名叫住年妹）或是厨子早晚上街买两回菜，早上六七点到九点去买下午从三点起到四五点再买一次。在先以为广东人非新鲜不吃所以下午不吃上午买的菜，以后看见隔餐的菜也还是有人吃，而且上午买剩下来的菜下午也还是在卖，因此问人，才知道分两次买菜除了要吃新鲜菜的理由外还有摄生的大道理呢。原来一般人的习惯以为上午吃的菜必须与下午的菜君臣佐使般地配合。譬如上午吃了芥菜汤算凉了，下午便要吃一点别的如牛肉汤或者淮药炖猪肉之类的东西补一补回来。

俗话"住在杭州，吃在广州"，名不虚传耳。

旮旯有一条广告"鲁少飞王敦庆面授漫画""科目：理论与实际并重。修业：以两年为限。学费：每年国币一百元。（膳宿另加）名额：只收八人。"鲁少飞知道的人多，王敦庆少为人知。实际上王敦庆更全面，画技高超之外，另有绝活儿，即漫画理论，一套一套的。王敦庆饱览西洋漫画刊物，经常介绍西洋漫画到中国的漫刊来，如本期载王敦庆文《漫画的宣传性》，配有五幅洋漫画。

第卅七期《社会动态漫画专号》

封面是张仃的名作《野有饿孚（蜀中风景）》，残垣断壁的柱子上写有"皇恩雨露深"，加重了画面的讽刺感。据称全联为"帝德乾坤大，皇恩雨露深"。

中有一幅梁正宇寄自成都的多幅组合漫画《四川近来的灾状及求雨种种》，旁白云："本年四川旱灾惨重，为近百年来所未有，灾区辽阔达一二七县，占全省面积五分之四，灾民人数总计三五〇八万七三八四人，占全省人数二分之一。"在我的印象里，南涝北旱呀，怎么四川能旱这么惨重？图下另有旁白："灾民死亡之数，单指剑阁一县，平均每天死一百人。""各重灾县份之树皮草根，均被吃尽，灾民乃向各地寻找观音米（白泥也）吃。""灾区各县求雨法之种种：有设坛念经，进香求神，禁屠等等。""江安、南溪等发起科学求雨法：于高山上同时焚烧大量废柴，以冀变动空气而致雨泽。或集铁炮于山上向老天挑衅，期能震动空中水蒸气，沛然下雨。"后两种求雨之法，即今日之"人工降雨"吧。

四川旱灾，牵动着有良知的漫画家，胡考即画有大幅《大旱望云霓图——四川灾况》。画面下方，全家老小携幼扶老逃难向何方，全家顶梁柱这位中年汉子，肩挑全家的家什，有如袁枚所吟"一肩担尽古今愁"。汉子的表情，绝望中尚存一线希望。年迈的老爹，三道犁痕般皱纹下面是沧桑尽染的眼睛。衰弱的老娘，听天由命地抱着一个背着一个孙儿女。画面的上方黑沉沉的天，却不像暴雨将临的那色黑，空中飘着只会作秀不会下雨的几朵白云。胡考的这幅漫画，满满的同情之心，正是"民间疾苦笔底波澜"。

中心彩色漫画，有孙之儁的《泰山旅行写真图》，旁白曰："一到山脚，兑换所，就要我先换两块钱的铜子，不然到不了山顶，果不然每一段石阶上都有一个乞丐，排列很均匀，要是每丐给一个铜子的话，到山顶最少需三块钱。""官上山前后有警察，乞丐就不敢拦路要钱。平民上山，有时乞丐就不免给他拉住衣服了。"漫画加上旁白，能够增强理解，也就是通常所言"图文并茂"。孙之儁最知名的作品是《骆驼祥子画传》，给《骆驼祥子》画连环画的还有曹涵美，我觉得不如孙之儁画得传神达意。丁聪笔下的骆驼祥子也还不错，但只是少量插图，孙之儁则为全本。

我的这期"时漫"封三贴有旧书店的价签，可能是一九五〇年代的价签，因为"北京市图书业同业公会"这个称谓后来就没有了。三十六册"时漫"，售价二十一元六角，现在看来非常便宜吧，当年这个钱可是一个学徒工一月之工资。

第三十二期《绥蒙风云漫画专号》

本期封面画是叶浅予《"哭有什么用呢！从前我也是这样哭过的！"》，老太婆（像是个老鸨）在逼良为娼，口气却像是好言相劝。封底漫画是严折西《高等华人借此装门面，下层市民靠它来保佑！》。叶浅予大名鼎鼎，严折西有几个人知道？严折西1909年生人，其父严工上（1874—1953）为二十世纪三四十年代很活跃的电影演员，于《一江春水向东流》里饰演张忠良父亲，被日本兵吊死在村口大树。严折西深受父亲影响，很早便跨入音乐行，画漫画只能算"副业"，却不输专职画家。

"绥蒙风云"而非"绥蒙风俗"，看准了，一字之别，说的可是两回事。绥蒙风云，特指"绥远抗战"，这是第二年"七七事变"前的一场以中国军队全胜结束的局部抗战。本期专号以漫画加文字的形式报道战事进展,及抗战名将宋哲元、傅作义的风采,宋哲元号称"宋大刀",傅作义的口头禅是"不说硬话,不做软事"。那些古老的边塞诗句"不知何处吹芦管,一夜征人尽望乡""战士军前半生死,美人帐下犹歌舞"纷纷作了漫画题目。漫画有漫画的弊端,这么多激昂奋进的漫画不来选作封面,偏偏选叶浅予。

华君武为专号作《最近绥蒙事件的内外观》四幅。孙之僩从包头给"时漫"寄来《匪伪军进犯绥东写真》四幅。丁聪、朱吾石(米谷)也画了相关漫画。丁聪的漫画配有对话,很有意思,但是凡"日本"皆以"××"代替,这是当年的通行做法,无可奈何。

本期又有荆有麟的文章,题目叫《在南京的娘儿们》,与欧阳予倩的《广东话》相仿,描写地方风土人情,写得泼剌剌的:"在南京的娘儿们,真多,据民国二十五年八月底,警察衙门的统计,共有三十九万一千六百一十七人,这数目,倘要令已故狗肉将军张宗昌将军知道了,一定后悔生前没有在南京做个市长或者防城司令吧。"无从知道精确到个位的"娘儿们"泛指女性还是另有特别的含义，引得狗肉将军张宗昌垂涎三尺。

现代漫画史，如果评选十佳的话，汪子美的《鲁迅奋斗画传》大概率能进前三，这是我的想法。更大可能是根本进不了十佳，因为汪子美这个名字，广大漫画爱好者听都没听说过。这幅我心目中的最佳漫画，以连页的宽幅形式刊登在本期"时漫"。漫画家从不重视画稿的保存，汪子美也没有保留原作，因此我认为这一期"时漫"应视为漫画史文献。

二〇一九年二月二十一日

夜半无人私语时

记日记是个好习惯。余不敏,记了五十五年的日记也许是唯一的长处。电脑时代,打字取代了钢笔,久而久之,提笔忘字,字也越写越难看。有的朋友在电脑上记日记,一切跟文字有关的活儿全部交给电脑。于此,略陈刍见,科技日新月异来势汹汹,留一点儿"男耕女织"的原始劳动,没有坏处。上电脑我是敲键盘,发微信是"手写",记日记则用钢笔,一举两得。"夜半无人私语时",随手写写日记,有话则长,无话则短,贵在坚持,切忌"三天打鱼,两天晒网"。

记日记的时间悉听君便,并无一定之规。"今日事今日了"呢,还是第二天追记,甚至数天之后补记,从字里行间也许能看出端倪。每当看到"今夜睡得很好"

的日记,一望而知是次日记的。可是见到这样的日记"今日时雨,天气遂凉,夜中盖被矣",便不好说是不是当天所记,因为一日之内有一个白天却有两个"夜中"。"记日记四天"(顾颉刚),很明确是补记。读扬之水《〈读书十年〉日记》,很奇怪有些"旅行"日记记得既详细还特别长,累乏一天哪来的精气神?当面向扬之水求证过,她说都是当天记的。我做不到"今日事今日毕",十年前急病住院十天,怎么顾得上日记呢,每天草草写上几行,出院之后再腾到日记本上。更早的五十三年前,"步行串联"到山海关,我还是中学生呢,每天步行七八十里路,累得跟三孙子似的,记上几句便倒头睡觉。路上碰到感受特深的事情,也是草草几句,然后括弧"详细",意思是回到北京后详细追记当时自己的感受。一个中学生,哪有多少词汇,回来后腾到日记本上的还是那几句话。"详细"不了还有一个原因,老乡家灯光昏暗,我的字又潦草之极,自己写得自己不认得。

  名人日记最好看的不是鲁迅,而是鲁迅屡屡挖苦"红鼻头"的顾颉刚。像这样的情境在鲁迅日记里绝找不到:"夜归,见三院门口有花生摊。触动旧境,买廿文，在北河沿且走且嚼，宛如学生时代情状，心中甚喜。"（1923年12月16日星期六）这样的情状，我在"步行串联"时遇到过，走在荒无人迹的山路，偶尔有老乡偷偷地卖炒花生，五毛钱一斤，买来边走边吃，又香又解饿。

居家日记之外，还有一类"创作日记"，如鲁迅的《马上日记》。鲁迅坦承，这样挂着日记之名的"日记"，是"准备给第三者看的"，"未必很有真面目"，"不利于己的事，现在总还要藏起来"。我收藏有几种民国杂志的"日记特辑"，听了鲁迅的话，对这些公开发表、印成铅字的日记，不免将信将疑起来。

我曾说过，电脑日记的弊端之一，即篡改起来很方便，而纸本日记"不利于己的事"，若欲窜改，总会留下痕迹。鲁迅的二弟知堂老人，日记卖给鲁迅博物馆时，称1923年7月17日日记"下面大约还有十个字用剪刀剪去了"。这十个字事关"兄弟失和"真相，剪掉了，鲁研界周研界撒了欢儿地胡猜乱疑，丑态百出。其实，有一个机会可以知道真相，1945年冬至1949年冬这几年，知堂老人不在八道湾的时候。

我想望《青年界》"日记特辑"许久，早先在一位集报家的展览上看见"日记特辑",记住了它的模样。2005年8月10日于孔网以八十元购得一册无封面无封底的"日记特辑",聊胜于无罢。2008年11月1日,逛潘家园旧书摊,书友黄少东告诉我二楼有十来本民国杂志,我进屋后一眼就看见了"日记特辑",心中狂喜,故作镇定,担心店主看破我心思,又挑了两本杂志与"日记特辑"夹在一起结账。"日记特辑"这张美丽的封面,出自陈之佛手笔,署"之佛"。

《青年界》由李小峰、赵景深、姜亮夫、杨晋豪等编辑,1931年3月创刊,出至1937年7月因抗战爆发而停刊,最后一期(第12卷第1号)正巧是"日记特辑"。老舍、周作人、叶灵凤、臧克家、朱雯、陶亢德、阿英、张次溪、曾虚白、容肇祖、顾随、傅惜华等一百位文化界人士应李小峰、赵景深邀请,参与创作。这些日记"真假参半",如胡耐安:"四月十四日。今天下午无事,翻开《青年界》来看,觉得《青年界》着实是中学生的恩物:从识见上,从学问上,纵的横的,古今中外,在在,都替中学生安排检点得恰到好处,不枉费他们的精力。"敷衍,差劲。如吴景崧:"抄,没有日记可抄,写,也没有事好写。日记于我无缘,生活也差不多是呆板的一套。几杯水，几支烟，几张稿纸涂涂，几封信拆拆，到了放工的时间，没命地逃出那无形的囚牢，如此而已。这可以概括我四月十号接到编者征文以前每天所过的生活。"看来吴景崧是李小峰、赵景深的同行，志向高，地位低，牢骚蛮多。

说是"日记特辑"，跑题的好几位。汪静之大赞邹容的《革命军》是"最好的宣传诗"；罗峰不知所云："我赞扬事业，我赞扬人格，我不是偶像崇拜者。"曲滢生长篇大论，四千来字，李赵两位大编只好受累，代题为"丘迟与陈伯之书的感召力"。跑题的日记，不见得是坏文字，这几位文章蛮好看。

资料价值与史料线索并重的日记，我推荐黎锦熙《三十五年以来的日记》，黎锦熙说：

> 右边是我三十五年以来每年五月一日的日记，应赵景深先生之请，照录下来。要略加声明的是：一，民国九年以前，原本并没有新式标点符号，这是抄后新加的。二，民国十一十二两年的注音符号，还是照旧国音拼写的；十三年才确定标准语，但声调符号还没有完全加上。三，"编者译"是抄

后校定的人翻译的，但到民国十六年又改用国语罗马字以后，我就让他不必再译下去了，因为国语罗马字是比注音符号更容易辨别的一种正在试用实验的新文字，况且日记中遇有特别名词都迳写了汉字，所以更用不着翻译了。民国廿六年五月十二日，黎锦熙附记于北平。

人世间，事无巨细，都持以认认真真态度，黎锦熙是其中之一位。

接下来的时间，留给另一本我收藏的"日记特辑"。《古今》休刊之后，文载道（金性尧）不忍余稿废弃，更名《文史》接续，云："说《文史》是剽窃《古今》的，我们不敢苟同。但在目前的人（力）物（资）交瘁之下，办杂志而想造成特色，跳出窠臼原也行之维艰，因之我们一面是感谢《古今》所给予的启示和助力，一面则在读者与作者的培掖之下，多少想创造一点独特的格调。"

《文史》只出三期。第二期为"日记特辑"，篇幅远逊《青年界》，仅七篇：十堂《杨大瓢日记》、纪果庵《越缦日记谈》、郑秉珊《暑中日记》、予且《水绕花堤馆日记》、挹彭《关于日记》、柳雨生《雪庵日记》、文载道《读曾侯日记》。我曾将文载道《伸脚录》（日记）和柳雨生《沦陷日记》抄录于拙著内，也曾将挹彭《关于日记》编入《东西两场访书记》（挹彭著，海豚出版社），自认为对保存史料做了点事情。我的年轻朋友宋希於君对比《沦陷日记》和《雪庵日记》，看出了一些有意思的细节。日记的写法，日记的读法，都是值得细琢磨的事情。

姜文的电影《邪不压正》，我刚刚在爱奇艺上看了，第十七分钟，朱潜龙（廖凡）："一个写日记的人。"蓝青峰（姜文）："正经人谁写日记呀！"呵呵，这番话的意思，我两年前说过，针对的就是廖凡靠不住的那主儿。

二〇一九年三月六日

安得猛士兮守四方

寒舍有一些抗战时期所出进步刊物,阅读时总仿佛响起古战场的回声。刘邦《大风歌》云:"大风起兮云飞扬,威加海内兮归故乡。安得猛士兮守四方。"正好对上简又文的《大风》杂志。读《三国演义》,读到这段"孔明强支病体,命左右扶上小车,出寨遍观各营,自觉秋风吹面,彻骨生寒,乃长叹曰:'再不能临阵讨贼矣!悠悠苍天,曷其有极!'"不觉悲从中来,要掉泪的。

我没能赶上抗战哪怕一天,可我的父母赶上了。父亲在南京失陷前几天逃了出来,后来又在衡阳失陷前几天逃了出来。日本宣布投降那一晚,父亲与母亲正在重庆的中央公园,消息传来,游园的人群顿时沸腾,大家以盆（脸盆）作鼓，载歌载舞，欢庆通宵。父亲还赋诗一首以志其夜。我没有父辈身临其境的感受，只是在多年收集中有意无意留存了为数不少的抗战刊物，将这些刊物的阅读心得叙述一番，不失为一种牢记历史的方式。

抗战刊物最具展示性的是大画报，最具现场感的是刊物所载新闻图片，所以这一类刊物是抗战刊物中的精品。说到大画报，这是上海的长项，以"七七事变"对比"淞沪会战"为例，上海、北京两个大城市对于战事的报道，上海略胜一筹，北京似乎一份大画报也拿不出。《良友》画报是中国唯一一份享有世界声誉的画报，创刊于上海，抗战初期，它出了十几期号外；号外以即时照片为主，使读者得以近距离地感受战争。你看这张封面，头戴钢盔，手持长柄手榴弹的战士，一副你死我活的英勇。著名战地摄影记者王小亭（1900—1981）拍下这名勇士，并写道："我们忠勇的敢死队，预备拼死壮烈的身躯和手榴弹，与敌人同归于尽。"这位勇士是否已牺牲不得而知，但是王小亭所摄的另一张著名照片，却有了完整的下落。再次说明图片的力量远超文字。

在此期号外的第一页，就是那张使王小亭扬名世界的照片《轰炸下的儿童》：八月二十八日，日军轰炸上海火车南站时一个受伤的男婴，坐在铁轨上痛疼与惊吓。这张照片一经公布，国际上一片声援中国、声讨日寇的呼声。日本方面恼羞成怒，声辩称照片是伪造的。但是日寇没有想到王小亭拍的是连续照片，好几张照片显示男婴受伤及被营救的一系列镜头，无可争辩地说明了真相。这位不幸的男婴年仅一岁，父母在轰炸中丧命，他却被救下幸运地活了下来。关于这个男婴的后来，有两个版本的说法，一个来自王小亭，他回忆称"男婴是被他爸爸救出的，而妈妈被炸死"。另一个版本称，男婴是被苏联驻沪使馆的人救下的，如今生活在俄罗斯。不管真相是哪一个，总之这个男婴活了下来。

上海的抗战画报何以一花独放？这个问题以前连红色收藏的专家们也忽略了。我这个门外汉倒看出了一点门道。上海不是一直有租界吗，1941年12月7日，太平洋战争（珍珠港事件）发生之前，租界一直是个反日书报刊的安全避风港。无论"一·二八"还是"八一三"，无论日军攻占了上海也罢，凡租界内出版的抗日报纸杂志并不受到威胁，所以这一阶段（史称"孤岛时期"）的抗战刊物风生水起，日本人恼恨归恼恨但也无可奈何。珍珠港事件之后，美国和日本开了战，租界就不安全了，沦入日寇的管辖范围（史称"沦陷时期"），所以我们只要看版权页就能明白，12月7日之后的抗战刊物不是停刊就是转变立场。

说起抗战大画报，勾起我一件伤心往事。十几年前，于报国寺文化收藏品市场见到几册《大美画报》，此刊创刊于1938年，封面人物均为国共第一等的抗战统帅级人物：蒋介石，毛泽东，周恩来，宋子文等。我因与摊主议价未果，躲一边寻思去了，思来想去十分钟，决定按摊主开的价买下来，谁知摊主称我刚一转身就来了一个买主全买了。这件伤心事列我收藏史第一名，虽然后来我还是淘到几册《大美画报》，但论价值或价格均不如那天错失的那几本。

卢沟桥事变打响了全面抗战第一枪。我的藏刊里，关于卢沟桥的图片还是很多的，其中一张的题目最棒——"寇深矣！"卢沟桥位于北京城西南，去过很多回，曾于卢沟晓月碑下留影。如今宛平城墙修缮一新，全失历史沧桑，两旁的街道亦多仿古建筑，俗不可耐。欲寻古访旧，还是老图片诚不我欺。事变发生后几天，中日尚往来谈判，有一张图片很有趣，一个大竹筐从城墙吊下来,将双方谈判代表吊上吊下。为什么不走城门呢?盖鬼子诡计多端,城门不可轻开。我收藏的《大风》《东方杂志》《国民》《宇宙风》《新生画刊》《抗战文艺》等数十种期刊,若将内中图片连缀起来,简直就是一幅抗战长画卷。

前面说到上海"孤岛时期"抗战刊物的兴旺,源于租界这么个特殊的国际政治因素。把这个逻辑放到全国范围,那就要细分成若干时段、若干地区所出版的抗战刊物。我觉得,从史料价值来分,大后方的抗战刊物逊于前线和前方的抗战刊物;从珍稀价值来分,重庆国统区的抗战刊物逊于晋察冀的抗战刊物(整份的《晋察冀画报》极其珍罕);从时段上划分,抗战初期、中期出版的刊物价值要高于晚期的刊物,当然"日本投降"等重大事件的号外另当别论。

我一直在说,期刊在史料性、趣味性、时效性几方面均远超图书,但我并没有忘记报纸,本文所述"刊物"即含有报纸。报纸的首要功能是抢在第一时间报道新闻,日报的这个功能就算比周期最短的(三日刊)杂志也快得多。有一个特殊的例子,"七七事变"发生在7月7日,但是当天各报都没有啥大的反映,为什么呢，因为事变发生在7月7日的夜间（7月8日凌晨），就算是晚报也来不及报道。7月8日，因为事变的起因没弄清楚呢，所以当天的报纸也只是说国军与日军在卢沟桥发生冲突，并无报道重大事件的架势。7月9日，各报才察觉出大事了，头条、加黑加粗的手段才派上用场。所以有的周刊性质的杂志，完全来得及报道这条轰动世界的消息，在时效性上也第一次没有输给报纸。我正巧收藏有7月7、8、9日这三天的《新北京》报，所以发现了这么个被忽略的现象。关于抗战进步刊物的话题，以后会接着谈谈我的阅读感受。

二〇一九年一月十一日

马思边草拳毛动

我阅读抗战进步刊物,有一个小小的心得:历史不缺粗线条,缺的是细线条,这些细线条往往被今天所忽略。那些历史之网的细线条就在《国民》《青年人》《汗血周刊》等刊物里,俯拾皆是,唾手可得。

抗战之初,谢六逸主编的《国民》杂志,刊出了《抗战必胜论》《北平在炮火中》《访问吉星文团长》《日本的军备》《国防前线的北平》《从朝阳门到伤兵医院》等,这几篇文章既有评论,也有采访,还有读者来信。

《抗战必胜论》,同仇敌忾,气壮山河!但几条论据有点儿不着边际。

> 敌人虽然军械充足,但是兵士官佐,多半没有

实地作战经验。而我国军队,尤其是中央军因为连年作战,经验丰富。

我敢说,假使我军能攻到山海关和承德,伪军全部要反正的。因为敌人一定要分出大部分的力量,去对付义勇军和监视伪军。

我们一定能够战胜日本!卢沟桥已经消灭了他若干装备完善的军队;绥远曾经击退他十多里;上海我们的步枪击下他的飞机,杀死他无数的官兵,使得他们的国民哭泣恐惧。他们的官兵怕死,捉住就向我们求怜;他的政党分歧;他的财源枯窘;他不得国际的同情。

这说明,大敌当前,过度乐观和过度悲观都是错误的。历史最终证明,抗战是持久之战。

《北平在炮火中》讲的是"黑云压城城欲摧"的市景怪象:

每晚十一时戒严,城外驻兵内开,次晨再开回城外,军队调动极忙。有时深夜日军由东交民巷开出,我军由郊外开入,两军相遇于长安街上,各占

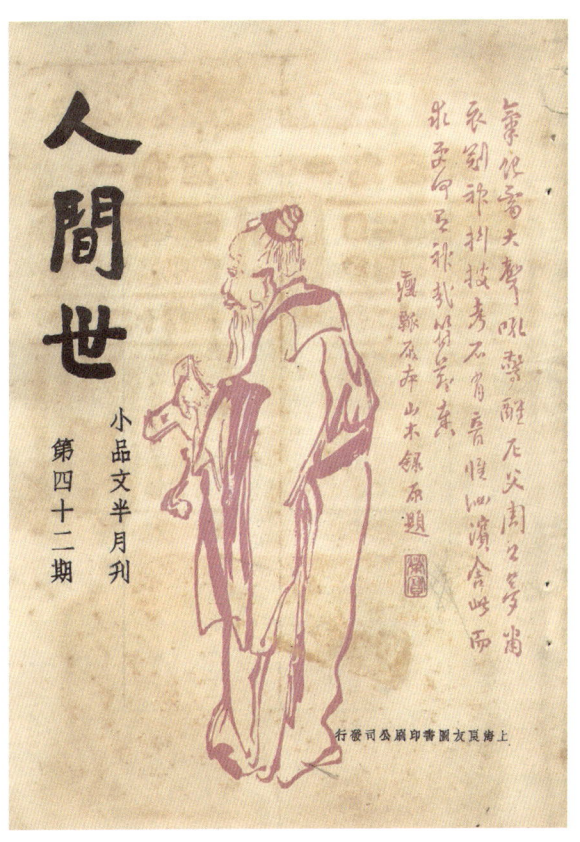

　　林语堂主办的三种小品文杂志，陶亢德均深度参与，而相守始终的只有《人间世》。此册为第四十二期，《人间世》终刊号，封二云："人间世半月刊自本期出版后，即不再续出。"

本期封面漫画是鲁少飞的《开辟新时代》，意思很清楚：一边是少爷小姐们在水边嬉戏，一边是骨瘦如柴的纤夫卖苦力。

本期封底漫画是严折西的《高等华人借此装门面，下层市民靠它来保佑!》。严折西，1909年生人，其父严工上（1874—1953）为二十世纪三四十年代很活跃的电影演员，于《一江春水向东流》里饰演张忠良父亲。

《青年界》所出"日记特辑",有着一张令人过目不忘的美丽封面,绘画者陈之佛的签名藏在画面里。

半街，交擦而过，双方侧目，互相示威。

谢六逸（1898—1945），二十岁时曾与王若飞等赴日本留学。回国后于复旦大学创立新闻专业，并主编多种文学刊物。1937年5月生活书店邀请谢六逸主编《国民》杂志，正好赶上"七七事变"最初的几个月，谢六逸的专业素养使得刊物在报道战事的深度及广度上均优于同类杂志。

《国民》杂志有一组照片，题为"廿九军忠勇抗敌"，有廿九军的炮兵阵地、重机枪阵地和单兵掩体的照片。我们以前不太注意军帽的样式，尤其是钢盔的样式。八路军和解放军的形象极少有戴钢盔的。廿九军的钢盔很像礼帽也有点像遮阳帽，四边均出沿，据说早期英国军队飞碟形钢盔就是这个样式，翻过来确实像碗碟，实用性还包括了防雨和防晒。

名为《青年人》的杂志有好几种，山东有，北京有，广州有，现在要说的是成都的这本《青年人》。该刊1936年10月创刊，1941年4月停刊。中国期刊史，这种名不见经传的刊物很是不少。整个抗战时期，成都一直处于大后方，相对是安全的。卢沟桥一声炮响，成都的青年人震动了:"英勇的中国青年们:这个你们当然知道,日本帝国主义在卢沟桥平津路附近的劫掠屠杀,已经是逼迫我们中华民族到了不生则死的关头!我们是中华民族的健儿,我们应该怎样?"

由于远离前线,《青年人》某些报道难免失实——"八日来河北事件的变化,真使人无限悲愤,在我军二十八日夺回丰台廊坊卢沟桥的次日,竟因汉奸张自忠、石友三、齐燮元之附逆,永定河以东全丧入敌手!现在,我们唯一的办法,是杀!杀!杀!"

张自忠将军(1891—1940)一时蒙冤被误为汉奸,国人皆曰可杀,但事实真相绝非如此。张自忠一直寻找"以身洗冤"战死沙场的机会,他对部下说:"今日回军,除共同杀敌报国外,是和大家一同寻找死的地方。""国家到了如此地步,除我等为其死,毫无其他办法。更相信,只要我等能本此决心,我们国家及我五千年历史之民族,决不至亡于区区三岛倭奴之手。为国家民族死之决心,海不清,石不烂,决不半点改变。"张自忠将军战死之后,举国哀悼,周恩来赞张自忠:"其忠义之志,壮烈之气,直可以为中国抗战军人之魂。"

再来谈谈另一种特别的刊物:《逸经·宇宙风·西

风非常时期联合旬刊》。抗战爆发，文化界以笔为刀枪，这样的联合刊物并不多见，尤其是几家名牌杂志的强强联合。《宇宙风》是1932年林语堂创办的散文杂志，《逸经》是1936年谢兴尧、陆丹林主编的文史掌故杂志，《西风》是黄嘉音、黄嘉德兄弟创办的小品文杂志。这三家刊物捏成一家，内容一水儿的抗战内容，没有照片和图片只有豆腐干大小的漫画，作者均一时之选，郭沫若，老舍，臧克家，丰子恺，施蛰存等。

创刊号上郭沫若的《国难声中怀知堂》最广为人知，郭沫若的那些话"知堂如真的可以飞到南边来，比如就像我这样的人，为了掉换他，就死上几千百个都是不算一回事的"挺感人，虽然后来证明于事无补。文人笔下的呐喊，到底还是书生意气成分多，这是回望历史的思索，不免有点儿"事后诸葛亮"，但是以史为鉴总没错吧。

《联合旬刊》赶上"非常时期"，却仍保留着原有文风的余韵，换言之，可读性仍在。我爱读老向（王向辰）的《北平通信》。老向与老舍、何容并称"论语派"三老，在积极投身宣传抗战上"三老"冲锋陷阵，代表着中国知识分子的良知。老向身居危城北平，"七七事

变"亲历者,隔三岔五就给远在上海的同行们写信,报告北平战况与市民生活:

> 在平寄信,此恐系最末次矣。并非故作不祥,北平交通断绝,邮电均甚艰难也。
>
> 我僻处在一条陋巷里,虽然有"君子居之"仍不免其陋。鼓昏时候,只有些卖炸豆腐的,卖硬面饽饽的,卖猪头肉的,晚报的叫卖来得颇晚,昨天晚上与何公(何容)在院中歇凉,街上的小贩一个也没有,城外的炮声,听得甚清,不禁与何容曰:"今晚有异"。直至九时,仍无晚报声。
>
> 傍晚我去东车站送人,忽然看见西四、西单及各冲要路口的沙袋都撤除了。
>
> 北平市上,自卢战一开,粮价立即飞涨。二十四枚一斤的杂和面儿,升到三十四枚一斤;十二元的米,非十五六元不可了。
>
> 今夜(七月十九日)虽然勉强握管写信,然而心情颇不平静,因为刚刚听得两三声不平凡的炮声,仿佛就在阜成门外。

老舍《乱离通信》也给了《联合旬刊》。"七七事变"之际，老舍夫人在济南坐月子，"旋女儿小济亦病入院，一家数地，杯盅皆无"，给老舍忙碌得"真急煞人也"！老舍本拟在8月13日来上海，12日听闻上海战局紧张，取消来沪。战争的残酷不只表现在刀光剑影尸横遍野，就算是柴米油盐的寻常日子也乱了套。

《联合旬刊》三家刊物中只有《逸经》是彻底停刊的，而《宇宙风》和《西风》顽强地生存下来，尤其是《宇宙风》辗转流离各地，最终迎来抗战的胜利。

抗战之初，"马思边草拳毛动，雕盻青云睡眼开"（刘禹锡《始闻秋风》）。

日本投降，"不知何处吹芦管，一夜征人尽望乡"（李益《夜上受降城闻笛》）。

二〇一九年二月二日

沦为珍本的《中国文艺年鉴》

以前写过两篇小文，都与施蛰存的《现代》杂志有关系，这一篇又与《现代》有点儿关系，纯属碰巧了。我的"写作"并无计划，想写的，材料不凑手就只好放一放，本来这回准备写"徐訏与《天地人》"的，材料凑得差不多了，《天地人》却不知所踪，只好等找到再写。这一篇是"计划外产品"，《现代》和《中国文艺年鉴》及其相关材料没费劲儿凑齐了，赶紧的写吧。

《现代》第三卷第五期（1933年9月1日出版），上来就是"现代书局最近新书"广告，第一条即是"中国文艺年鉴（第一回）实价一元六角"，广告云：

　　本书系中国文艺年鉴社编辑，为中国首创唯一之文艺年鉴。全书分三部：第一部为"一九三二年中国文坛之鸟瞰"。第二部为"一九三二年中国创作选"，分短篇小说，诗，戏曲，散文四目，将去年创作界之精华全部收录。第三部为一九三二年中国作家著作编目，及一九三二年出版文艺书籍编目，尤便读者。全书八百余页，皇皇一巨帙，只售一元六角，凡加入现代读书会者，得赠阅一册。

我以前说过，"干事的人总有这样或那样的错，不干事人的只有一个错，懒"。果不其然，中国首创唯一的《中国文艺年鉴》，刚刚问世，批评与抨击迎面袭来。

《现代》四卷二期，上来就是高明的文章《关于批评》，高明说："批评是怎样的东西？我觉得，这不外乎是批评者个人的意见发表欲的产物。""我以为，批评的主要的职务，还是在于帮助读者理解作品。而从前有人说过'批评的本领与其在于指摘作品的短处，不如在于发扬作品的长处'，也许正是这个意思。""在中国出现的批评家，却根本不是文艺圈的领导者，而是荒僻地带惯常遇见的暴徒！""他们简直把差不多的作者都认作仇人，把差不多的作品都认作仇人的裔儿的。"

高明是《文坛茶话图》画中人，鲁少飞在旁白里说道："手不离书的叶灵凤似乎在挽留高明，满面怒气的高老师，也许是看见有鲁迅在座，要拂袖而去吧？"叶灵凤与鲁迅有过节，大家都知道，可是高明与鲁迅有过什么节，一直无人考证出来，全面考索《文坛茶话图》的姜德明先生对此疑问也只是"待考"。

一九三〇年代，文坛派别丛生，互不买账，在所难免。《现代》杂志被冠以"现代派""第三种人"，也是有据可查。《中国文艺年鉴》由施蛰存和杜衡编辑，自具立场之外，多少有一点儿挑衅的意味，故招惹"左翼"的猛烈批评。茅盾连发《怎样编制"文艺年鉴"》和《一张不正确的照片》两文批评《中国文艺年鉴》的立场和编法。鲁迅亦有意见发表：

> 有一种自称"中国文艺年鉴社"，而实是匿名者们所编的《中国文艺年鉴》在它的所谓"鸟瞰"中，曾经说我所发表的《连环画辩护》虽将连环画的艺术价值告诉了苏汶先生，无意中却把要是德国板画那类艺术作品搬到中国来，是否能为一般大众所理解，即是否还成其为大众艺术的问题忽略了

过去,而且这种解答是对大众化的正题没有直接意义的。……这真是倘不是能编《中国文艺年鉴》的选家,就不至于说出口来的聪明话……(《论翻印木刻》)

鲁迅还说:

> 例如"中国文艺年鉴社"所编的《中国文艺年鉴》前面的"鸟瞰"。据它的"瞰"法,是:苏汶先生的议论,"行",杜衡先生的创作,也"行"。
> 但我们在实际上再也寻不着这一个"社"。
> 查查这"年鉴"的总发行所:现代书局;看看《现代》杂志末一页上的编辑者:施蛰存,杜衡。(《化名新法》)

鲁迅好用引号,这是鲁迅杂文的特点。引号,也许是标点符号中含义最多的,有六种作用:一、表示引用的部分。二、表示特定称谓。三、表示特殊含义,需要强调。四、表示否定和讽刺。五、表示着重论述的对象。六、特殊疑问表示否定。我觉得鲁迅的意思多在于四和六。

曾见过一个现代文学研究专家的书名《读书的"风景"——大学生活之春花秋月》,我给风景的引号绕糊涂了,这个引号又蠢又生硬。

有专家建议出版白文本《鲁迅全集》,这不是个顾及普通读者的好主意,带注释还读不懂鲁迅呢(尤其是鲁迅的杂文)。不加注释的话,有多少人知道苏汶＝杜衡?不知道又怎么理解鲁迅杂文的深刻?

施蛰存和杜衡见势不妙,也可以说是见好就收吧,《中国文艺年鉴》仅此"第一回"便偃旗息鼓,连个"且听下回分解"的招呼也不打。隔了两年,时任北新书局编辑的杨晋豪(1910—1993),不信那个邪,继承施杜之衣钵,连续编辑出版了1934、1935、1936年度《中国文艺年鉴》。若非战争爆发,看杨晋豪这干劲和北新书局的鼎力支持,《中国文艺年鉴》兴许会一直办下去。

杨晋豪的"第一回"《中国文艺年鉴》,所受批评较之施杜的"第一回"要弱很多,没有来自大名头的抨击与挖苦。饶是那么轻量级的批评,杨晋豪也是横眉冷对,立马回击。杨晋豪1935年度《中国文艺年鉴》的

"后记",通篇都是回击——"去年十月十八日大公报的'文艺'副刊上,有李影心君的关于廿三年度《中国文艺年鉴》的批评。"接下来的三千来字,杨晋豪逐条对呛李影心,结尾是:"我想,如果李君是一位大资本家,从他的口袋里摸出二三千圆钞票来,雇用一批所谓'专家'来作这项工作,或许可以显出一点儿成绩来吧!末了,希望欠缺理论基础,漠视现实情态,不明实际真相的'批评家'们,先把自己充实起来,然后再下断语吧!"我还真没有见过"后记"这个样子的写法,杨晋豪涉嫌"见怂人拢不住火"。鲁迅曾言:"在这一个多年之中,拼死命攻击'硬译'的名人,已经有了三代:首先是祖师梁实秋教授,其次是徒弟赵景深教授,最近就来了徒孙杨晋豪大学生。"(《几条"顺"的翻译》)

我喜欢厚书,四本《中国文艺年鉴》均厚达八百页。前两册是平装,后两册是精装。1935年度这本封面画署"人仄",我看着有点儿像"M"多了个撇,请教了南京金小明先生,他告诉我"应该是郑慎斋,以其号'人仄'为署"。

文艺年鉴,一卷在手,多种功能,省时省力,"尤便读者",既可当作书目来读,也可当作文章精华来读。

我很喜欢年鉴里面的期刊简介,文字简练波俏。如:"《谈风》半月刊,十月二十五日创刊,共出五册,仍续出。浑介、海戈、黎庵编辑。宇宙风社经销。是陶亢德辞《论语》后,林大师子弟所另砌的幽默炉灶。但文多失幽默性,到底勉强不成功幽默。"

《中国文艺年鉴》赶上物价稳定的年代,第二回定价一元五角,第三回也是这个价,第四回连个定价也没有,本该定价的地方印着"青年界订户赠送本"。《青年界》是北新书局出版的一本杂志,非常好看,其中的"日记特辑"为近现代杂志史之独一份,寒斋有幸淘到一册。

隔了八十年的岁月往回看,批评与争议真是个"无用之物"。我曾说过,"今天看来'何必呢'的东西,当年必须争竞掰扯出个高低胜败来!"最终的结局,迫使《中国文艺年鉴》沦为千金难得的珍本,花费了我大几千的钱。

二〇一九年二月十日

1937年1月8日之后的《新北平报》里的《午夜北平》

若干年前自拍卖场买回两大纸箱旧报纸,所费甚巨,一时收支失衡,只得从伙食费里找补,"省吃俭用"的口号又杀回来了。当时约一好友去看拍卖预展,好友对于古旧书报了无兴趣,纯为陪我,瞧着我翻旧报纸,称:"白给我也不要!"如果事后他知道我花费五位数,就为这堆"断烂朝报",一定骂我疯了。这堆报纸多为北京所出,《立言报》《新北平报》《新北京报》《北平晨报》《实报》《小实报》等,这是我势在必得的原因。与我竞争者是一旧书店老板,不然一半的钱也用不了。

旧报纸在"还原历史""历史现场"上的优势,可称傲视群雄,其他媒介都不如报纸活色生香,如在目前。我买来的这堆旧报纸,绝对称得上"尘封如故",翻一会儿,就得洗洗手。最近的一次阅读,这些老报纸发挥作用了。

止庵前向与《午夜北平》的作者保罗·法兰奇做活动,事先他多次向我讲述这本书多么的神奇。我知道止庵是侦探小说迷,担心《午夜北平》也是虚构的,止庵坚定地说不是。书里的"盔甲厂胡同""船板胡同""后沟胡同"等,他都亲自走访了两趟。并指出《午夜北平》里那张"今天的盔甲厂胡同1号的大门"照片有误。为此,止庵专门拍了1号和3号之间的一个被堵上的门洞,这个被堵上的门洞才是原来的1号大门。之所以不容有地理坐标之误,因为1937年1月7日下午三点,帕梅拉最后一次走出了1号的大门,十几个小时之后,1月8日清晨,帕梅拉面目全非、支离破碎的尸首被发现在鞑靼城根的一处荒地,凶案现场离盔甲厂1号很近,只隔着一道城墙。说得吓人一点儿,1号的门洞就是老北京传说的凶宅,虽然凶案第一现场并不在此。

止庵讲了这书的英国作者使用的旧档案旧报纸,我忽然想到自己的旧报纸,正好有"帕梅拉案"发生时期的那几个月,而且是保罗·法兰奇未提及未引用的北京报纸。太棒了,或许能够给《午夜北平》作一点儿补遗。需要说明一点,"帕梅拉"被当年的北平报纸译为"巴米拉"或"巴纳梅"。

我一直对于故都的大案有莫大之兴趣,曾写有《刘景桂手刃滕爽案》,写作时握有此案的审讯卷宗(复印本)。这件发生在1935年3月16日的情杀案,波及范围之广,时间之长,远远超出轰动一时的"帕梅拉案"。媒体一直没有忘了刘景桂,1937年5月7日《新北平报》载"刘景桂昨送狱"的报道及押解时刘景桂的照片。而1月8日被残忍杀害的帕梅拉的后续报道此时早已没了踪影。北平警方的阻力之一,来自上峰的命令,"二十天之内破案",英方则故意误导侦查方向,"谭礼士被告知:英国公使馆关于此案自有看法,并且总督察(谭礼士)忽略了最显而易见的嫌犯——中国人"。

我翻阅了1937年1月1日到8月1日的《新北平报》和《立言报》,这是件又脏又不断有新发现的活儿,与《午夜北平》对照着翻阅,或许更添乐趣。同时,我还必须翻查老北京地图和《北京市街巷名称册》,知道了《午夜北平》中三条关键胡同的长度。"船板胡同"有三十八个门牌号;"盔甲厂胡同"有十六个门牌,帕梅拉的家位于东口路北1号;"后沟胡同"只有五个门牌,是条短得不能再短的小胡同。神奇的案子总能带来奇迹,经过八十多年的沧海桑田,三条胡同居然安然无恙,为历史做着无声的旁证。

读《午夜北平》,有一个挥之不去的感觉,就是对英政府的官僚习气大为反感,对于这个国家后来的遭遇的同情也随之减少许多。身为英国人的保罗·法兰奇毫不掩饰地说:"有些文件欲说还休地暗示英国公使馆曾以官方身份干涉此案,试图不顾一切地拯救国王陛下在远东地区的政府机构的尊严。""自大的英国外交官别有用心的搅局,以及正义在最后令人震惊的缺席。"若非保罗·法兰奇超凡的资料使用能力,帕梅拉真就白白地死了。我想,世界上还有没有第二本像《午夜北平》这样的书,仅仅凭借《西行漫记》里一条不起眼的脚注,即无懈可击地完整地复原了陈年积案的真相。

1937年1月9日,《新北平报》第四版(社会版)——通常这个版专门发布各类案件的详细报道,好玩的是,报道案情会精确到哪条胡同、哪个门牌、南屋还是北屋、涉案人真名实姓,灭门凶案也不例外,忒吓人啦——报道了"帕梅拉案",兹全录如下。

崇内城根发见

英籍女尸

老翁文纳认女

死因揣系情杀

送协和医院今日鉴定

  崇内迤东汇文中学南墙外沟内，昨晨发现一女尸，系西洋女子，全身赤裸，仅着裙袜，面部血肉模糊，似被狗咬，胸乳亦破，但非刃伤，经内一区署报请法院派员检验，旋有一英人花甲老叟，到场认尸拦验，自称英人，死者似系其女，七日下午五时外出。旋英使馆派员前来，将尸移送协和医院，定今日鉴定。该老叟名文纳，二十年前曾任驻福州领事，卸任后即在平寄居，其女十九岁，平素交际颇广，死因不外因情而死。

  同日之《立言报》报道此案情况与《新北平报》大致一样，多了"韩署长当通知驻华英使馆""又该女平日交际颇广，在津就读四载，上月二十八日来平，应友人茶会""且因附近无血迹，当系移尸，昨区并传女之素友人询问亦未得要领云"几个细节。"韩署长"即《午夜北平》中的"韩世清署长，内一区警署署长"，"手下指挥着北平一万来名警员中相当大的一部分"。姜文电影《邪不压正》里有很多的情节来自《午夜北平》，有位朋友说姜文还不如改编一个《侠隐》一个《午夜北平》，何必烩成一锅呢。忽然想到，姜文的某些思路倒很像保罗·法兰奇，而不像张北海。

《新北平报》"帕梅拉案"的后续报道仅为1月14日、18日、25日、30日和2月2日，少得可怜的五次。

14日的标题："巴纳梅案获得带血刀鞋　一外人被捕　正讯究化验　英侨追悼会"

18日的标题："巴米拉案　平英领馆　调查　今晨开庭"

25日的标题："英女被害案　又获一犯　意国人某押内一区　嫌疑重大在侦察中"

30日的标题："英女被害案　今晨开庭　英领事承审"

2月2日的标题："英女被害案　昨开第三次　侦察庭　推敲检验书似已获线索"

同时期的《立言报》1月9日报道了凶案之后，一猛子扎到1月25日才发声,标题为:"巴米拉被害案全案即可大白　现正由中外人员研讯　案情复杂捕获可疑人"。

保罗·法兰奇写道:"帕梅拉·倭讷的尸体现今仍躺在北平现代化的二环路的地底深处,曾经的英国公墓里。时间的长河已流淌了七十多年,她仍像她自己曾经宣称的那样,总是独自一人。"这段话换成咱们的诗,这句合适么?"可怜无定河边骨,犹是春闺梦里人。"这就要提到《新北平报》所称"英人花甲老叟"倭讷,如果没有老人家为养女百折不回的申诉,才华横溢的保罗·法兰奇也无从完成他的旷世杰作。

二〇一九年四月七日

我与《邪不压正》的一毛钱关系

前年夏天我的朋友史航在微信上问:"你知道七七事变前北平电影院上映什么美国电影么?"跟着他打来电话解释为什么单挑"七七"前的美国电影。他很兴奋地说,姜文正在拍一部电影,讲的是1936年到"七七事变"前北平发生的一个复仇的故事,他在电影里有个小角色,这个小角色的戏份是撰写评论美国电影的文章,也就是今天所谓的影评。我听出来了也早就看出来了,姜文是王朔之外史航最倾倒的大腕儿,其他腕儿者史航则倾而不倒或倒向反面。史航的忙不能不帮,我说我虽然出过一本老电影的书《梦影集》,可是那个时段的电影杂志全部出自上海,北平连一本也没有,怎么知道北平演什么美国电影呢!过了几天,我忽然想到自己不是存有几千份北平报纸么，果然，随便一翻，便用手机拍了十来张电影院的广告和影讯，发给史航，说，忙只能帮这么点儿。这就是我与《邪不压正》的"一毛钱关系"，一毛钱都多说了，一分钱吧。

2018年7月13日，姜文电影《邪不压正》上映。我闺女看了，跟我讲看不懂，我说《芳华》你都看不懂，比芳华的年代又早了三十年你能看懂才怪呢。看不懂的闺女发给我一段一分二十七秒崔永元在首映式上的即兴演说视频，我连看六遍，笑疯了——"我站这个台上说""我用我的微博给你宣传这个电影""我觉得这部纪录片拍得特别好，它讲的是，什么来着，一个叫崔永……哦，不是，李天然十五年前受过侮辱，然后十五年以后他决定要报仇，但是十五年以后他还是一个人，人家对方都上市了。"闺女称有什么好笑的，我说你就属于崔永元视频里那些不笑的人。我想起谁说的话："一桌子人打牌，你如果看不出谁是傻子，你就是那个傻子。"

听说史航包了一场《邪不压正》请朋友看，我没有被请，史航是一个粗中没细的人，我一点儿也不怪他，看过片花，看过几篇影评之后，我反倒要感谢史航了。

为什么呢？《邪不压正》改编自张北海小说《侠隐》，是先看电影好呢，还是先看原著好呢，两边都担心"先入为主"。这一回我站对了边，如果史航先请我看了电影，我也许不会一字一句地读《侠隐》，更别提非常舍不得读完了。《侠隐》堪比"《骆驼祥子》第二""《我这一辈子》排三"，老舍张北海老舍，写老北京的作家多如过江之鲫，获此殊荣，张北海配得上。姜文电影《让子弹飞》改编自马识途小说《盗官记》，我看了电影一点儿也不想后找补马识途。为什么呢？因为《侠隐》里所有的北平胡同街巷，我都一清二楚，甚至如数家珍。张北海将"前拐棒胡同"少写一个字，成了"前拐胡同"，有人看出来了么？李天然去西单西二条胡同暗访羽田据点，为什么要过了西二条到哈尔飞戏院下车往回走，有人能说说为什么吗？石驸马大街有"大陆饭店"么，查《北平旅行指南》《北京案内记》均无，只有个"亚洲公寓"位于"石驸马沟沿"。蓝青峰给李天然安了座电话"东局——六三二六"，"六"字起头的是私宅电话么，我没在上面两书里找到六字头电话号码。某影评所云《邪不压正》还原了老北京旧貌，我想说李安电影《色，戒》还原老上海了么，唬唬年轻人还成。田壮壮翻拍费穆电影《小城之春》真是不自量力白受累不讨好，也不想想，上哪儿去找破城墙头去。如果怀念老北京，去看电影《青春之歌》和《地下尖兵》吧，那里的城墙和四合院不是赝品也用不着高科技合成。

张北海1936年生于北平，"七七事变"后随父母逃到重庆，胜利后在北平天津各待了一段，1949年随父母去了台湾，1962年去美国念大学，后定居纽约至今。满打满算，张北海在北平待了不到四年，而且只是个十来岁的孩子，美国才是他写作的主材。写厌了美国，像所有老年作家一样，退休后的张北海怀旧感陡升，起念为出生地北平写部小说。为写《侠隐》张北海搜罗了许多与北平相关的书籍报纸杂志，最为关键的北平城区街巷地图，张北海没忘掉，真聪明。我核对了《侠隐》前二十八章所有胡同街巷名称，全对，除了那个"前拐胡同"。北京胡同名字有个要诀，有"前"必有"后"，有"大"必有"小"，有"东"必有"西"，有"南"必有"北"。如"前拐棒胡同"和"后拐棒胡同"；"大沙果胡同"和"小沙果胡同"；"东总布胡同"和"西总布胡同"；"南锣鼓巷"和"北锣鼓巷"。前向赴《大雅宝旧事》作者张郎郎席，与张先生很有的聊，得益于我对张仃漫画史的熟悉、对北京老胡同的熟悉,对作者那段传奇经历的熟悉。"大雅宝"不像胡同名字,它是从"大哑叭胡同"转来的。许多胡同的名字由俗转雅,是文明的进步,像钱稻孙旧居"受璧胡同"原称"熟皮胡同""臭皮胡同"。大雅宝胡同近邻小雅宝胡同。张郎郎家正门门牌"大雅宝胡同甲2号",后门门牌"小雅宝胡同66号"。扯这么远,还是要回到主题上,大小雅宝胡同的西边便是《侠隐》里李天然的救命恩人马凯医生居住地——干面胡同,马医生敏思慎行,李天然身怀绝技,复仇故事在这一片胡同递次推进。干面胡同北面是史家胡同(章士钊故居在此),再往北是内务部街胡同,胡同11号是姜文小时候住过的大院。姜文多鬼呀,拍电影从来肥水不流外人田,回回姜夫人周韵担纲女主角,这回愣是把《侠隐》里干面胡同的重头戏统统改在内务部街胡同11号。话到嘴边了,周韵饰演李天然情人关巧红,扭巴。张北海给关巧红安的职业是裁缝,扭巴。许晴饰演唐凤仪和许晴演的"话匣子"一样,扭巴。我是带着找茬的心思读《侠隐》的,感觉张北海写老北京总有那么一点儿隔膜,只不过张北海超一流的才华,足以摆平整个故事。

张北海手握北平街巷地图，李天然在北平四九城里蹿房越脊的细节便出不了硬伤。比方说，你李天然本事再大，也只能从内务部街街南的房顶蹿到南面史家胡同房顶，而不可能从街北的11号房顶一猛子矮身跃到史家胡同的房顶。北平核心地段历史悠久的大胡同，胡同的宽度少说八米到十米多，想想吧，跳远世界纪录是鲍维尔的八点九五米。我不知道张北海手里有没有这本1953年北京市人民政府公安局编《北京市街巷名称册》（书前"内部有关单位掌握使用，非公开东西，切勿遗失和外借"），从册子里胡同街巷的门牌号，大致可以推断出干面胡同16号在路北（共96号），内务部街11号在路北（共47号），一般而言，路北多为大宅子好房子。张北海说，"小说里几个主要人物的家世，大部分属于中上阶层。"所以张北海没有忽略这个细节，将他们均安置在路北的深宅大院。老北京素有"东贵西富北贫南贱"之说，张北海将小说的中心放在北平东城，也是一步妙棋。

至于那些很窄的或连成片的小胡同则任由李天然如履平地不必蹑足潜踪般小心，值得李天然飞檐走壁的均为高墙深院，情人关巧红是一例外——"进了条很窄，还不够两个人并排走的烟袋胡同。""反正你会上房,不用给你等门。""他天没亮翻墙回的家。"小时候我也喜欢上房,上房是为了偷枣,有一年暑假,刚下完雨,我上房偷枣把人家房顶踩漏了,吓得我连蹿带爬,越过两个院子顺着电线杆出溜到地上,跑到学校直躲到天黑才敢溜回家吃晚饭。

《侠隐》有两个好处,一是每章有个小题目,在章回体灭绝之后,小题目给我这样阅读能力低下的读者提供便利。二是极少写打斗,真对我口胃。我从来不看武侠小说和科幻小说(含电影),武侠电影只看李小龙。张北海好像知道世上有我这一类品味的读者,当被问起:"如果要给这本书找缺点,就是打斗场面太少,对武功的描写简直就是没有。"张北海直截了当:"书中打斗场面太少,我知道。主观因素(或偏见)是我中年以后重看旧武侠,发现很难忍受当年令我着迷的那些又玄又长的武打描述。我更不愿意在一部写实作品中掺杂一套虚无缥缈、玄乎其玄的武功。"给张北海这番话鼓个掌,也给我自己叫声好,压根儿就反感玄乎其玄的玩意儿,用不着拖到"中年以后"才醒悟。

蓝青峰拽着李天然"长城试枪"这一章,不由联想起我写过的《刘景桂手刃滕爽案》。那是发生在1935年春天北平的"桃色枪击案",轰动朝野。凶手刘景桂(女)于志成中学校园内连开七枪打死情敌女教员滕爽。警局审讯刘景桂手枪哪儿搞来的,刘称是从一个三轮车夫那花八十四块钱买的,在东直门外一拐角交的货(另有"八粒子弹枪内装七粒外边还有一粒")。搞笑的是警局最终也没找到卖枪者。独一无二的案子呀,剧本现成,用不着费劲扒拉虚构,一介女流不试枪,照样弹无虚发。很想通过史航推荐刘景桂给姜导,没开口,准碰一鼻子灰。在导演说这届观众不行之前,还是我先说这届导演不行罢。

很好奇张北海搜集的老北京书报杂志具体是什么名字什么年代的版本。马凯医生给李天然介绍了在《燕京画报》当编辑这么个差事,"我想你总得找件事做"。省得李天然整天打油飞出个闪失误了大事。张北海虚构出这么一份画报,他知道"燕京"是北京的老名字,古已有之。张北海精明透顶,虚虚实实,"他(李天然)抽出一个大本,是市政府刚出版的《旧都文物略》"。这个书名是真实的,但是"刚出版"有点儿疑问。书是1935年12月出版的,李天然是1936年9月从美国来北平寻仇，中间差着九个月呢。张北海将当年最畅销的《北洋画报》的版式和内容移花接木到《燕京画报》，不失为一个妙招。《北洋画报》第一版的中心位置永远的"封面女郎"是交际花和名媛轮换坐庄，《燕京画报》照猫画虎——"北平之花唐凤仪小姐近影"，稍嫌扭巴的称呼"北平之花"只能说是为小说角色服务罢。在电影《邪不压正》里，《旧都文物略》和《燕京画报》若出现也就是个无人较真儿的道具。张北海说："这是一部写实小说，能越多给读者一点真实感，作品就越有意义。当然，我也大可捏造一个朝代和一座城镇，作为小说背景，何况又省去了许多考据功夫。"《侠隐》对我而言，其魅力也许就是张北海给我留了一点儿考据的乐趣。

二〇一八年八月六日

最美的小说杂志

经常与编辑打交道,最伤脑筋的是关于封面设计与书影图片安排的讨论与争执。慢慢地悟出一个道理,二十世纪三十年代的书刊我经手无数也许过于迷恋,而如今的年轻编辑未能接触老旧书刊满脑子新潮审美,因此难免互不买账。有一次接到邀请与十几位编辑座谈,不知所云言不及义地聊了两小时后,我拿出十几本封面和版式特漂亮的民国书刊请她们观赏,她们连称"惊艳",气氛为之一振。可是用实物来展示民国书刊魅力的机会少之又少,更可行的办法是在书里多搁插图吧。

本文称梁得所主编的《小说半月刊》为"最美的小说杂志",如果没有书影图片助阵是不敢夸海口的。这里的"最美",特指专为杂志所绘的封面画、专为小说所作的插图等装帧手段，而不讨论小说本身。实小说之重要性梁启超早已阐明："欲新一国之民，不可不先新一国之小说。故欲新道德，必新小说；欲新宗教，必新小说；欲新风俗，必新小说；欲新学艺，必新小说；乃至欲新人心、欲新人格，必新小说。"（《论小说与群治之关系》）梁启超这段话写在1902年《新小说》创刊号上。由于梁启超的这番话，我得多解释一句，所谓"最美的小说杂志"要限定在二十世纪三十年代，不能与一二十年代的那些名牌小说杂志《绣像小说》《新小说》《小说大观》《小说画报》相提并论。否则，不成"关公战秦琼"了么。

许多年来，好像只有我一个人在关注着中国画报史（中国期刊史）奇才梁得所。关于梁得所与《良友》画报的恩怨；关于梁得所与鲁迅，与张学良的交往；关于梁得所的"大众出版社"所出画报杂志；关于梁得所《猎影集》等单行本……我写有七八篇文章了吧。写这篇文章时的这一年是梁得所去世八十周年，他好像被世人彻底遗忘了，小文权当一个小小的追思。

梁得所自《良友》画报辞职之后，旋即与黄式匡合办大众出版社，接连出版《大众画报》《小说半月刊》

《科学图解月刊》《文化月刊》和《时事旬报》五种杂志。我虽极度景仰梁得所,但是五种杂志我不可能全部收齐,只能集中有限的财力主攻《大众画报》和《小说半月刊》。那是个天道酬勤的岁月,生生被我淘到这两种名贵的杂志,不但全份一期不缺,而且两种杂志我都有副本(一套合订本,一套散本)。如此书运,今生今世,不可复得。

《小说半月刊》初名《小说月刊》,1934年5月出创刊号,定价"大洋二角"。梁得所将主调定位于"大众文艺":"现在这本文艺刊物,就扔下菜单式的论著,端出点心式的小品献给凡在实生活之外需要文艺调节的读者们。"(《创刊旨趣》)也许是过于迎合"大众口味",也许是过于匆忙创刊,创刊号封面太不文艺太像小人书了。画面上一个土匪模样的人端着手枪,冲着桌子对面一个干部模样的人——猺王子,把手枪对住他:"我们原是朋友,今天我却要杀你!"非常失败的一张封面画,却出自创刊号里梁得所小说《大庚岭》的一幅插图。《大庚岭》里有四幅插图,李旭丹画了两幅,梁得所自己画了一幅,王少陵那幅上了封面。王少陵(1909—1989),广东人,早年活跃于香港画坛,与王济远、汪亚尘及王季迁（己千）合称"四王"。看来插图是插图，封面画是封面画，拿插图充封面是个败招。第二期的《小说月刊》封面画依旧使用了插图并附有小说里的文字："有一个穿灰布旧长衫的中年人，提了酒壶打酒，仿佛有点斯文样子。"

小说而配插图，古今皆然。梁启超《新小说》杂志即主张："专搜罗东西古今英雄、名士、美人之影像，按期登载，以资观感。其风景画，则专采名胜、地方趣味浓深者，及历史上有关系者登之。而每篇小说中，亦常插入最精致之绣像绘画，其画借由著译者意匠结构，托名手写之。"

1903年5月，李伯元在上海创办《绣像小说》，在绣像之外，还有与小说故事展开相配合的插图。每回有图画二面，每面标出一句回目。郑振铎名著《插图本中国文学史》更直截了当："中国文学史的附入插图，为本书作者第一次的尝试。作者为了搜求本书所需要的插图，颇费了若干年的苦辛。作者以为插图的作用，一方面固在于把许多著名作家的面目，或把许多我们所爱读的书本的最原来的式样，或把各书里所写的动人心肺的人物或其行事显现在我们的面前；这当然是大足以增高

《文史》第二期为"日记特辑",篇幅远逊《青年界》,仅七篇:十堂《杨大瓢日记》、纪果庵《越缦日记谈》、郑秉珊《暑中日记》、予且《水绕花堤馆日记》、挹彭《关于日记》、柳雨生《雪庵日记》、文载道《读曾侯日记》。

抗战时期出版的进步刊物《大风》,总出一百零一期,公藏私藏均无全份无阙者。

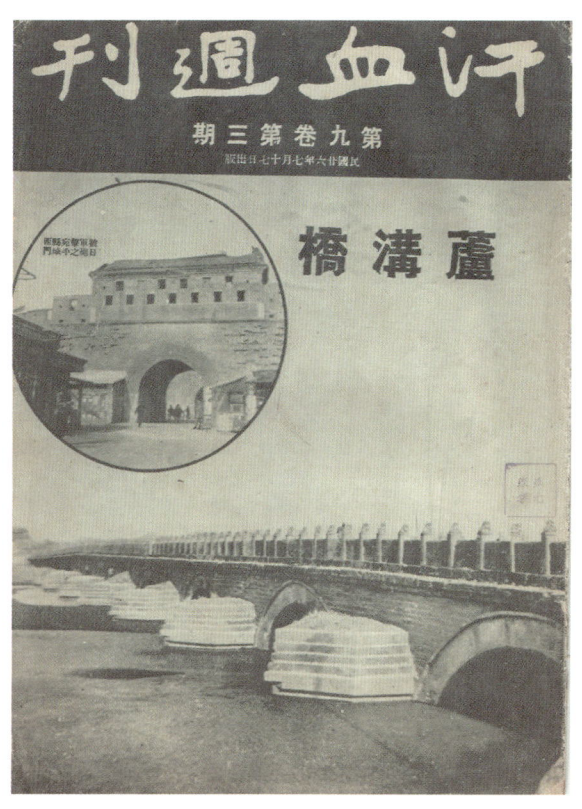

"七七事变"之后十天所出《汗血周刊》,主题照片《卢沟桥》,小照片为《被日军炮击之宛平县城西门》。

《良友战事画刊》第四期封面照片为著名记者王小亭（1900—1981）所摄《我们忠勇的敢死队，预备拼其壮烈的身躯和手榴弹，与敌人同归于尽。》

读者的兴趣的。"

非常突然地，第三期开始，《小说半月刊》面目大变！直观的变化有：月刊改半月刊，开本由十六开改八开，封面画就是专门的封面图画。定价还是大洋二角。梁得所未对巨变有一个字的说明，很奇怪。我只是从编辑"包可华 丽尼"改成"包可华 黄苗子"似乎看出了一点儿端倪。第三期"泳装女郎，水，热带鱼"封面画也是黄苗子(1913—2012)的杰作，黄苗子的加入似乎促成了梁得所的变革。李辉在《〈小说〉上的美女与作家》里的这段话部分证实了我的猜想：

我将《小说》送去请黄苗子一阅。见到70多年前自己编辑的刊物，他喜出望外，随即在《小说》第八期（中华民国二十三年九月十五日出版）的扉页上写下一段话相赠：

"时间爱跟人开玩笑，李辉居然找到六（七）十一年前我在上海和丽尼（郭安仁，一位杰出的作家和翻译家）合编这本杂志。这原是以主编《良友》杂志著名当代的梁得所的计划，是他主持的大众出版社的期刊之一。我当年糊里糊涂混入上海文艺界，啥事不懂，居然混出这本出了二十四期（恰好一年的）刊物出来。现在想来实在荒唐。这本刊物丽尼除了选译几篇他喜欢的国外小说外，所有装帧选图，和个别文章都交我（其后还有一位包天笑的儿子包可华）来负责，编辑思想混乱，所以成为一本'四不像'的东西。老板是日本回国的商人，还一再叮嘱梁得所要'通俗'，要'追求销路'。怪胎也就因此产生。李辉兄留下来，也是一份因缘，也保留了三十年代文艺界的一种面目。李辉所得共四期，或许将来能得到全份，那就更好了。"

黄苗子将《小说半月刊》记成出了二十四期是老人家记错了，实为十九期（1935年3月终刊）。今代人很少做的一件事，就是趁老一辈还健在的时候问问当年刊物的内幕。

李辉和葛飞将《小说半月刊》写成"《小说》"或"《小说》半月刊"，我认为还是应该以《小说半月刊》版权页所署"小说半月刊"为准，将"半月刊"纳入书名号内。另外还有一个隐患，如果"半月刊"搁在书名号外或省略，很容易与其他小说杂志混淆。

《小说半月刊》的改变是全方位的，封二增设了"文艺画报"，扉页增加了作家手迹，版式设计极尽巧思（不翻原刊体会不到）。梁得所在主编《良友》画报时采访过鲁迅，并成功地说服鲁迅允许拍照并登在画报上。这回跳槽单干当然还会想到"拉鲁迅之大旗作虎皮"。《鲁迅日记》1934年7月4日："上午得梁得所信并《小说》半月刊。"1934年7月14日："以字一小幅寄梁得所。"鲁迅收到的《小说半月刊》应该是7月1日出版的第三期，这一期的作家手迹是郁达夫的《临安道上书所见》，里页有黄苗子的"作家漫像"，第一位漫像就是鲁迅，这些内容鲁迅该是看到的。梁得所的信也应该是向鲁迅求字了。鲁迅赠给梁得所的字是一首绝句："明眸越女罢晨装，荇水荷风是旧乡。唱尽新词欢不见，旱云如火扑晴江。"刊登在8月1日出版的第五期扉页。据马国亮（1908—2001）讲，鲁迅诗稿原件由黄苗子保存，丢失于抗战中。这则轶闻李辉是否向黄苗子核实过，不得而知。

马国亮接手梁得所主编《良友》画报，看到梁得所跳槽后开办《大众画报》，马国亮称："它的出现，不同于别的画报，可以说是《良友》画报最足注意的劲敌。"

《良友》画报的应对之策是改月刊为半月刊,缩短出版周期,以便先发制人。木秀于林者风必摧之,横空出世的《小说半月刊》同样引起了良友图书公司的恐慌,"调用郑伯奇编'通俗刊物'(《新小说》1935年2月),显然是为了挤垮梁得所的《小说》半月刊"(葛飞《都市漩涡中的多重文化身份与路向——20世纪30年代郑伯奇在上海》)。一个月后,《小说半月刊》果然倒掉,原来的骨干插图作者李旭丹、楚人弓,甚至黄苗子都转投《新小说》画起插图来。郑伯奇高兴啦:"小说的插画是帮助读者欣赏的。插画的作风若和小说的作风不一致,反来可以引起读者由乖离而发生的不快感。但是,画家要做到和原作者一致,倒并不是一件容易的事。有时候,严肃的作品会插上漫画式的插图;有时候,轻松的作品而插画却采取厚重的笔调。"郑伯奇幸灾乐祸的话音未落,《新小说》也倒掉了。

二〇一八年六月三十日

关于鲁迅母亲与朱安照片及宋致泉

我的文章《鲁迅母亲和夫人朱安照片的首次面世》，2011年刊载于《博览群书》，后收入我的新书《我的老虎尾巴书房》（2018年9月出版）。最近忽然读到《藏书报》所载肖伊绯的大文《这幅照片谁拍的？》，拜读之后，觉得很有点儿意思，同时感觉有点儿不对劲儿的地方。

有点儿意思的是，肖作者告诉我们："其实，民国时期平津地区的知名画报《北洋画报》，就揭晓了这张照片的拍摄者究竟是谁。1936年10月27日出版的《北洋画报》第1470号曾刊发过这幅鲁迅母亲与朱安的照片，照片下方印有摄影者的名字——宋致泉。"看到"宋致泉"这个名字，我几乎要感谢肖作者了，困扰我十几年的拍摄者之谜,肖作者轻而易举地就搞定了。

很快,我就感觉到了蹊跷。配文的图片,正常的话,应该是第1470号《北洋画报》,这多实锤呀!而不该是现在这张从《中华读书报》"书摘"版拷下来的图片呀!我想,肖作者手里没有我的这本书,《中华读书报》他却是看得到的,因此他的大文一开始就阐明了——"今年1月23日《中华读书报》第12版'书摘'版,刊发了《鲁迅和他的"老虎尾巴"书房》,全文摘自《我的老虎尾巴书房》……"接下来的一段肖作者全部摘引我文章里的话,紧跟着就"省略"了考证的过程,直奔《北洋画报》而去,一举揪出"宋致泉"!好像《北洋画报》就在手边似的。

肖作者大文很短,第三段是简略几句介绍宋致泉的事迹,末尾一句"遗憾的是,宋致泉生平事迹的探考,至今尚无进展,连其生卒年也难以明确"。我想,如果今后宋致泉的生卒年考出来的话,我也来一篇,"其实,某某时期某某知名画报,早就揭晓了宋致泉的生卒年"!

现在,谁都知道百度好使,尤其对于写作者的便利,功莫大焉。可是百度也是双刃剑,好使是好使,但是常常被偷机取巧的作者给钻了空子,尤其应引起善良人们的警觉。听说了宋致泉的名字,我便上百度一搜,这一搜非同小可,"拔出萝卜带出了泥",验证和砸实了肖作者文章的几处蹊跷。

在百度输入"宋致泉"之后,搜到了沈平子的长文《谁拍了鲁迅母亲和朱安的照片》(载2011年第8期《博览群书》),文章开头便是:"顷读2011年第4期《博览群书》载谢其章《鲁迅母亲和朱安相片首次面世》一文,旁征博引旧藏报刊资料,用以说明刊登于《实报半月刊》'悼伟大文人鲁迅特辑之页'中的这组(主要是鲁迅母亲与妻子朱安的两幅)照片的重要性……"

接着沈平子写道:

被中国传媒界称为"北方巨擘"的《北洋画报》,刊发了鲁迅的相关照片和纪念文章,查1936年10月27日出版的第1470号的天津《北洋画报》就曾刊登过谢文提到的这帧"婆媳合影"照(见压题图)。

而且照片的说明文字注明"故名作家鲁迅之母(左)与妻(右)宋致泉摄"

笔者曾试图查找有关宋致泉的生平简历,收效甚微。

事实非常清楚! 2011年的沈平子亲自查阅了《北洋画报》《实报半月刊》等民国刊物,下了很多的考证功夫,而2019年的肖作者则无偿使用了沈平子的劳动成果。沈平子供职于中央戏剧学院图书馆,其亲睹《北洋画报》等原版老刊物的优越条件,远胜于飘飘在百度或电子版的肖作者(查有实据的数件,今只讲涉及我的这一件)。

现在,我的文章,沈平子先生的文章,肖作者的文章,无可遁形的,白纸黑字的,光天化日的,明明白白的摆在大家面前,大家说了算!

当然,我有我的问题,给个别作者添了麻烦。全套影版《北洋画报》1988年我就买了,还陆续买了几百期原版的。现在将第1470期《北洋画报》拍个照片,姑算亡羊补牢罢。

二〇一九年三月三十日

第二分

青海的劳动记忆

1970年母亲去世之后,远在青海工作的父亲生了几场大病,于是考虑让我调到他身边去,一来就近有个照应,二来青海的收入远高于农村的工分。1972年7月我从插队下乡的内蒙古农村来到了青海。关于在青海的五百多个难忘的日子,我曾写过"青海的读书记忆"和"青海的看电影记忆",这回想写写"青海的劳动记忆"。青海的劳动与春播秋收的农村完全是两回事,换言之,在青海,我是"工人"而非农民,也不算知青。有一件事我从未中断,从中学开始写日记,下乡插队不管多苦多累还是每天写日记,到了青海仍然坚持这个好习惯。所以只要打开日记本,青海的记忆扑面而来,忘掉的只是具体的细节,譬如"今天修这个坡,和石应伟打了一架，痛骂了这个以前没有识破的伪君子"（1972年9月12日）。为什么打架？一点儿也想不起来了。这样的事情在插队日记中也有"一大早，与数社员吵架"（1970年4月20日）。吵架难免，但是"与数社员吵"，未免可笑。

青海给我的第一个感觉就是凉爽。七月天还要盖棉被，永远没有闷热潮湿的桑拿天，也不必担心讨厌的苍蝇蚊子。第二个感觉是地广人稀物价高，从西宁到目的地数百公里，几乎见不到人烟，当天的日记："早饭后坐上王师傅的卡车，离开西宁，刚出城里，风景如画美得很，慢慢就渐次荒凉了。我看到了藏人和牦牛。卡车以每小时三十到四十公里的速度奔驰着，青海湖大方地展示了它浩瀚的体魄。在茶卡吃的中饭，贵多了。"我记得那顿饭是牛肉炒茄子，还有一个什么菜忘了，也许就是一个菜和几个馒头，共八块钱。记得最清楚的是八块钱，早就听说青海的三高——"海拔高，收入高，物价高"。八块钱是什么概念呢？当时在北京中山公园来今雨轩，两个人吃一顿包括"松鼠桂鱼"在内的一餐才三块钱。八块钱相当于我插队村里年景好时一个壮劳力半个月的工分。

半个月后,我有了来青海后的第一份工作,不是正式工,而是临时工,在一个叫红土山的地方"开辟新路"。鲁迅曾说:"希望本无所谓有,无所谓无的。这正如地上的路:其实地上本没有路,走的人多了,也便成了路。"我们的开辟新路与鲁迅所云"走出来的路"不一样,我们是用双手、铁锹和镐头,甚至炸药,生生地造出一条路来。大致的方法是,按照测量好的方向,留出八米的路宽,然后在路的两边挖沟,挖出来的砂石土块甩到路中间,略加平整,便形成了新路,可以走卡车。

这个开路的活儿,是按米数计算工钱的,沟的深度、宽度也有严格的要求。碰上好的地段,一天可以挣十多块钱,诱人的高工资呀。一百多号人的临时工大军,分成十来个人一组,每组再具体分配谁挖沟,谁砌石块。摘录几段日记:

> 这些人见钱不要命了,天刚蒙蒙亮就上工了,放了几炮,解决了大问题。晚上觉得非常累了。
>
> 有两个人顶不住了,顶住这股劲真需要毅力。

我定要坚持住这难耐的日子，以前也有这样的日子不是挺过来了么。今天虽然非常累，但是土石方约合一人七八块钱呢。

今天全力冲击三百米的最后一段，放炮时真觉得过瘾！收工时乘卡车走在我们刚修好的道路上。

今天完成了任务，每个人约合六七十块钱。收工时和那个河南人打了一架，马上觉得极没意思了。晚上大伙儿去煤矿看电影《白毛女》。深山里住着那么多挖煤的人，看见他们令我多思。山风吹动着银幕，剧情依然牢牢的拴着人们。

今天开始挖新沟了，三个人干了一百公尺。忽而让人恼厌，忽而让人喜悦，总之高兴不起来。我想不干了，我又舍不得不干，我又不得不干下去。这样的日子，水，伙食，睡眠，环境，劳动，一齐威逼着我后退。

上午收工时见到了来拉煤的王师傅，忽然觉得有些难过。

今天把这七百米全部完成了，但是有一大段需要返工。这帮人里面有靠卖死力气挣钱的，有靠耍滑头耍诡计的，还有完全靠爹爹的腰杆的，形形色色，淤集在工地。

吃过中饭，卡车来了，装满了煤，像我们这样资格的人只配坐在煤堆上，四个钟头之后回到家。

我干的活是开辟新路，却不知道"去时容易回时难"，正因为交通不便才要修路么，这么简单的道理却被我忽略了。回家拿了点东西，只待了一天即准备回工地，谁知等了十天才有车把我捎回去。

早饭后出发，十点多到了工地。很快又见到了这帮人，下午就参加劳动。这十天损失了八十元，太失策了。晚上第一次住进了帐篷。

中午领了八月的工资，一百二十八块多一点，乱七八糟的扣下来就剩一百块了。这帮人算计得精透了，可恶透了，要记住，其余就算了。

劳动，我是不太怵的，最怵的是人际关系，我总也搞不定。插队时读《钢铁是怎样炼成的》，保尔拼命干活挣来买衣服与理发钱的那段感染了我，我在日记中记有：

> 今天又在铡草。
> 我发誓要用劳动的汗水冲刷掉身上的污点。
> 我发誓要用劳动的干劲鼓起我前进的勇气。
> 我发誓要用劳动的成果弥补我精神的空虚。
> 劳动就是今后。

修路有个有趣的现象，你修的路越长，你每天上下工往返的路程就越远。我在日记里有了这样抒情的话：

> 帐篷啊，暗绿色的帐篷，走进你的里面的晚上，经过了多么多么漫长的白天呀。

> 荒原之狂风，把帐篷吹倒，梦乡中的我们，谁也懒得起来，老天爷可怜我们，多盖了一床被子。

青海的十月就非常寒冷了，两个月的修路工作对我而言就此结束。在漫长的冬闲时节，我学会了桥牌，平日里的娱乐是打乒乓，下象棋，一度还想学习裁缝。最大的愿望是想有一块手表。此地收入高，戴外国表很普遍，什么浪琴、西铁城、摩凡陀、欧米茄，打桥牌的时候我看到大人们戴的都是这些牌子。而我，直到离开青海，腕上依然空空如也。还有，日记中抄了杜甫《兵车行》最后四句："君不见青海头，古来白骨无人收。新鬼烦冤旧鬼哭，天阴雨湿声啾啾。"

转过年来的1973年，从春天开始，我陆续在砖瓦厂、地质队、基建队干过，依然是和土地打交道。最最艰苦的要算砖瓦厂，活儿重而且不好找——"二三十个棒小伙围着厂长要活干"。多一半的人是领不到活的，领到活的人则拼了性命地干。住的地方也惨极了——"（经人介绍）找到了厂长，三言两语就给我打发到坡下那三间破屋中间的一间，并说今天没活给你。从此时起，我就实地进了活棺材，屋里的另外两人很早就出去干活，半夜才回来。没事干，只有躺着，像个死人似的躺着，连小老鼠也以为是死人了吧，竟爬来爬去觅食。我猛地想到这幽灵般的日子，太可怕，太压抑，简直不可能存在人的记忆里。我为什么记下它,就是一旦有了好的变化,千万不要忘记!"

五天之后,终于有活给我了。"今天早上终于有活干了,他们是背坯子,我是给师傅们递坯子,算小工的工钱。"只干了三天又失业了,几天后再上岗,这回是往热气未散的砖窑里背坯子:"弯着腰,提着劲,咬着牙,一步一步背着几十块沉重的土坯。此时,我不愿意任何一个对我自尊心有伤害的熟人出现,看见我苦力的形象。一天背下来,约一百趟,合四块钱。"

背一趟四分钱,合一张邮票。邮票何其轻分,土坯何其重分。

在青海劳动所得,我有一笔完整的账,总计是四百四十一元。砖瓦厂两个月,十三元七角七分;地质队两个月,九元五角;基建队,十三元;两次修路所得是四百零四元。

青海的记忆,成为我一生的财富,无论遇到任何艰难困苦,跟青海一比都不算事了。

附录：

　　这是我写的"青海三记"之末篇。"劳动"这词用的不是太准确，又不方便说成"劳改"。说成"干活"也不准确，不能传达"青海"的特殊意味。先抄几则1973年的日记，也许有助于理解我这里说的劳动是个什么概念。

　　4月12日：晴。春天来了，可我的春天还未来。胖子"皇天不负有心人"终于能去地质队脱土坯了。四个人包了三十万块。黄昏赶紧去找冯义文，请他帮忙让我也能去成。

　　4月16日：多云。朝思暮想的临时工一事，今天得到了伟大的成功，活是去希里沟地质队打土坯。把打架的烦恼抛到九霄云外，卖力地打土坯吧！

　　4月17日：晴。下午几个人在吴国兴的率领下前往地质队。胖子已在那干上了，看来不是轻松的活。明天大概先去平场地，后天都不一定能脱上坯。王良模来信了。晚上开始感觉睡觉少的恐怖。

脱土坯先得平出场地,然后从水渠引水过来,还得准备坯模等工具,最后按坯的数量付你工钱,具体几分钱一块坯,我忘了。电影《牧马人》里朱时茂的新媳妇有个脱坯的镜头,当然我们脱的坯要比她的四致多了。东北民俗有"三大累"之说,其中一累就是脱坯。

4月18日:晴。九点多带着铁锹到地质队。我们四个人一起干。平整场地,加固水渠。休息了一冬,一干活手生疼,好像也觉得犯怵。我应以累得精疲力竭为尺度来衡量这段劳动较之农村如何。我不是十分欣赏保尔那么劳累而挣来买衣服与剃头的钱的精神吗?虽然累与苦,但是我觉得经得住,何况不会像先前似的还多一个饿的因素。晚上进行了两小时的聊天。

对了,在青海的劳动绝非二十世纪五十年代口号的"劳动最光荣",它的真实身份应该是"临时工"(青海对于临时工还有一个称谓"盲流"),可是《青海临时工记忆》成什么话。下面这则日记说明劳动与临时工的本质差别。

　　4月23日：多云。今天还是九点多到了地质队。那个时候我们是不会想到灾难和屈辱这么快就降临到我们这帮本来就命薄人的身上的。和好了泥，不是太卖劲也不算太松垮地脱了两千多块，地质队负责基建的一个家伙酷似对待破坏分子那样大骂了我们一顿，不让我们干了，当时我的火筒直就顶到了嗓子眼，不是为了十多块钱，这股气谁能受得了？想想又有些难过，命运非把我逼到了如此这般的地步，今后如何去干临时工？（按：最终四人脱了一万块坯，每人分得十几块钱，合几厘钱一块。）

我在6月20日的日记中有一段话，"我要在这里待下去，就必须和艰苦和屈辱一块待下去"。真的，在以后的日子里每当我对生活稍有不满，翻看当年的日记，一切就都算不得什么了。

　　我在青海的五百八十六天一共干了多少种临时工，每种干了多少天，每种挣了多少钱，我做个统计。

1972年8月2日—8月16日红土山（9月1日领工钱一百元）

8月26日—9月25日修路（9月23日领工钱多少？好像是二百多吧）

1973年4月17日—23日希里沟脱土坯

地质队9月10月九元五角

4月5月工钱二十三元

砖厂1973年5月工钱八元一角五分

砖厂1973年6月工钱五元六角二分

8月工钱三十三元三角

9月工钱一百四十二元

二〇一八年十二月三十日

四友记

我要说的这四位老友,他们有一个共同之处——心灵手巧。我想说这四位的"手巧",并非欧阳修《卖油翁》所云"无他,但手熟尔"的那种熟能生巧,更像是一种与生俱来的能力,也就是人们常说的"天生手巧"。因为我属于"天生手笨"那一类人,所以非常宾服这四位老友。四友分别是"插友"杨兄、陈兄、谢兄与"书友"柯兄。

如果我一直在城市生活尚不至于笨到挣不了一口饭吃,可是偏偏我的第一份职业是用手多于用脑的"下乡插队",十七岁便到了农村,天生手笨的我可遭了大磨难。找出五十年前的日记:"9月10日,晴。早上拿镰刀去割青麻,全组十二人都到齐了。干活了,吃饭也香多了。下午跟大白拉（人名）的马车运麻，再把洗好的麻拉回来，逐家分给乡亲们。晚上开会评工分，是'自报公议'，结果，女生全七分，男生陈福田七分，阎本志七点五分，杨民七分，王良模八分，齐建欣八分，唯我六分。"我为什么被评最低分，连女生都不如吗？才十天呀，我就给农民乡亲留下这么差的印象，我干活并不偷懒啊。至今，这六分还是谜。评工分的第二天早晨我一个人悄悄到村头大树下偷偷地哭。

看来我扯得有些离题，马上切入正题吧。第一个想说说四友之一，我的同组"插友"杨兄。杨兄去年六月患重病去世，如今写到他，心里隐隐哀伤。杨兄的心灵手巧可以说是全方位的，当学生时他就会装矿石收音机，在村里老乡家的收音机出了毛病，都是找杨兄修理，手到病除，很快他就聚起了人缘，评工分总是高分。前几年我回插队之地，老乡还提起杨兄修收音机这一技之长。杨兄二胡拉得好，我最爱听他拉《江河水》，如怨如诉，不但排遣了自己的苦闷，还能经常去公社宣传队参加演出。要知道演出队的好处，既躲了艰苦的农活儿，又吃得饱饭。还有一个往事现在可以说了，知青点的闫兄跟杨兄学二胡，经常将自己的那份口粮匀给杨兄吃，当时普遍吃不饱呀。有一回罕见地吃萝卜馅两样面大饺子，一人四个，我眼瞅着闫兄匀了一个给杨兄，心里咯噔了一下，毕生难忘。

干活儿回来，我们都是往炕上一躺，杨兄从不睡懒觉和午觉，有一阶段他天天站在木箱前练钢笔字，好像不到一个月，杨兄的字就练得很好了，像他人一样地秀气。说起那只练字的木箱，又是杨兄心灵手巧的一个物证。知青下乡前都是学生呀，没听说杨兄会木匠活儿。这可真是无师自通，莫非是走乡串村的木匠教他的？木箱看似方方正正，榫卯结构不复杂，可是要把四面的燕尾榫锯得严丝合缝，还要把那些面板拼缝，这两样中任一样都够初学者一呛。杨兄愣是在工具简陋、木料短缺的知青点的炕沿前，做成了一只周周正正的木箱，不是"天生手巧"是什么？杨兄干农活亦驾轻就熟，一点儿不逊色村里的好把式，多难的农活也难不倒他。挖沟拍墙，看着简单吧，一把铁锹在手，杨兄拍出的土墙，像砖垒的墙一样又直又平，那次我又咯噔了一下。杨兄在村里还有几手绝活让老乡们宾服，那就是养鸽子和骑马。至今难忘的还有，一个深夜，我和杨兄赶着牛车拉着柴火往村子走，他仰望着夜空，指给我看哪个是七勺星。他怎么知道那么多。

今夜，又是一个七勺星之夜，杨兄，想念你。

四友之二说说陈兄。陈兄插队之前和我是一个中学的，小我一年级。插队分在同一个公社但不是一个生产队，相隔十五里地。陈兄在学校时无人不知，因为他是校篮球队的主力，球打得好。好到什么程度呢？据说陈兄考少年体校时，教练说这孩子不能收，他太灵了，他的犯规动作教练都看不出来。我们学校的校办工厂主营象棋子，因此手工课即刻象棋子。手笨如我者，刻出的棋子跟狗啃似的，没刻伤自己的手就阿弥陀佛了。而陈兄刀法纯熟，既快又好，直接就刻成了正品。刻象棋盒更是陈兄的殊荣，老师经常让他抱着一堆棋盒回家去刻。那天我问陈兄刻棋子有什么绝招，他说别人是刻一刀转一下棋子，这样当然慢了，而他是转刀不转棋子，听得我"不明觉厉"。

在学校我和陈兄没有来往，下乡后才多了走动，双方都感觉挺对脾气，越走越近乎。陈兄在农村一如在学校般如鱼得水，我特别犯怵的农活儿，在他却如刻象棋子一样游刃有余。老乡们甚至对陈兄说，你以前是不是干过农活呀？割高粱是技术难度最高的农活。它不像割别的庄稼，一陇二陇地割，高粱一割就是十陇，对我而言，手忙脚乱是必然的，横七竖八也是必然的。割高粱场面很壮观，割得快与割得慢的会形成一条条胡同。陈兄说他是属于割得快的，并说没什么难的，倒是"掐高粱"难度高。掐高粱可不是谁都能干的，掐不好就把手伤了，"掐刀"还得自己做。陈兄是极少数被委以重任掐高粱的知青，这跟手巧不无关系吧。

手巧的人学乐器都很快，陈兄的吉他弹得非常出色，我们去他们生产队玩，总要让他给大家弹一曲。陈兄的木工活亦极出色，出色到什么程度呢？这么说吧，可以吃木匠这碗饭。回城之后，陈兄转行为烹饪高手，如今岁数大了，不上灶了，专门在高档酒店当当顾问动动嘴。

四友之三说说谢兄。举贤不避亲，谢兄是我叔伯兄弟，小我三个月。他和我同年下乡插队，同为内蒙古哲里木盟，但不是一个旗，相距很远。谢兄家在天津，小时候来往不多，插队后才亲近起来，我回北京探亲总要在天津谢家逗留几天，最长的一次住了二十几天。插队时互相写信,谢兄的钢笔字好极了,简直可以作字帖。如果只是字写得好,也许不值特为一赞。那个年代,多的是时间,知青精力过剩,总要找一点事情做。我亲眼见过谢兄做的衣服,叹为观止!男装女装、大人小孩、中式西式全行,要说是服装店买的我也信。最绝的是他做的呢子帽。帽子也能做?若非亲见,我是将信将疑的。还有当年时兴的活里活面棉衣,也是谢兄的一绝。就说"锁扣子眼"吧,现在都使专门的锁眼机,当年谢兄都是自己锁。想想真后悔,我为什么当年不求他做一件衣服呢,留到现在多么有意思。

最后一位说说书友柯兄(我习惯叫"老柯",老柯不老,人高马大而已)。上面的三位是全能型巧手,而老柯的手巧,据我所知只有"修书"一项,虽然只此一项,却惠我良多。老柯与我有共同的淘书爱好,与他相识也是在书店。一起逛旧书摊久了,才知道老柯具有修旧书的绝活儿,我才明白他为什么敢买我们看不上的破烂书,原来他有本事妙手回春。老柯的技艺高明到什么程度呢?我未亲见他修书的细节,只是拍有修之前和修之后的效果图发给书友们,听到他们一片惊叹,然后纷纷托老柯修书。我开玩笑，你若失业可以凭修书再就业谋食。对于缺失封面的旧书，老柯发明了"平改精"这招，效果奇佳。修书除了手巧之外还须超强的耐心，急性子干不了。我曾经买到一厚沓老报纸，年深岁久，报纸全结板了根本揭不开。请教老柯，他说得上锅蒸，火候得掌握好，才能慢慢揭开。我心想，我有自知之明，你干得了我肯定干不了，至今未敢一试。

       二〇一八年三月二十八日

吃食堂

"吃食堂"是个老词,今天似乎已经被"叫外卖"取代了。我上班的时候,早饭在家吃,中饭晚饭当口,同事们互相问:"带饭了么?没带的话咱们去吃食堂吧。"一般的单位食堂,大点的单位早中晚三顿都开饭,小单位只管中、晚两顿饭,或只管中饭一顿。如今说起"吃食堂",却引起许多感慨。

如果把小学时代也算上,这一辈子除了下乡插队的八年,可以说和"吃食堂"不离不弃五十年。

小学时,学校有食堂,只供老师员工伙食。那时候实行"就近入学",学生离家都很近,中午同学们大都回家吃饭。家远的同学也有几位,中午不能吃食堂只有从家里带饭,上课之前交给老师让食堂代为热热。记得最清楚的是班上的体育委员，每天带的都是馒头，装在小布袋里，上锅一蒸，麦子香味透过布袋散出来，那特别的味道，竟然现在还记着。我家是南方人，一天三顿是米饭（早饭是泡饭），也许是这个原因吧，小学时代对于馒头非常向往。

那天中学同学聚会，聊起上学时的种种趣事，说起谁家阔谁家穷，谁的父母是干什么的，谁家住独门独院，谁家是大杂院。我插了一句话，哪位同学在学校"吃食堂"哪位的家境就差不了。此言一出，同学们大多认可，不认可的同学听了我讲"一毛钱的故事"，若有所思地点点头。

如今一毛钱真是可以忽略不计了，找起来麻烦，找给人家也麻烦，如果是钢镚子，掉在地下都懒得弯腰。可是我于这一毛钱，却有着永不磨灭的记忆，张中行说过"伤哉贫也"。

上中学时很喜欢中午在学校吃饭而不是回家吃饭，可惜我从未吃过学校的食堂，一顿也没吃过，倒是在食堂"帮厨"过。查旧日记："1964年10月26日星期一晴。今天下午是劳动课，我和三个同学去食堂帮厨。劳动完了，看看那一堆的白菜，肉和咸菜，肉丸子，心里真有说不出的快活。"

直接地说,就是吃不起食堂,食堂饭票什么样,没一点儿印象。吃食堂的都是家境宽裕的同学,上下学骑着漂亮的自行车,脚上穿着回力球鞋。我的中学三年,偶尔有数的几次,懒得回家吃饭,就从家里带饭,米饭与炒土豆丝(偷偷加一勺白糖),再不就是熬白菜。更多的时候是回家吃,来回要走三十多分钟。

比带饭更奢侈的是去外面的小饭铺买着吃,这样的次数极少,因为这样就得跟母亲要钱。母亲每次都是给我一毛二分钱和四两粮票,刚刚够买两个"大火烧"(烧饼),我能高兴一整天。

教我们英语的"TC赵"很喜欢跟同学们到学校旁边笔管胡同的一家卖早点的小铺吃中饭。鲁迅于"女师大风波"时期,曾一度躲藏在笔管胡同。"TC赵"通常是花上二毛二分钱四两粮票,两个大火烧加一碗炸豆腐,干稀搭配,热热乎乎,简便又实惠。有的时候,"TC赵"要一个"罗丝转"、一碗炸豆腐,合计两毛钱二两粮票,总之一毛钱一碗的炸豆腐必不可少。

中学三年,我从未喝过香气四溢的炸豆腐,因为我从来都少一毛钱。

电影明星黎莉莉（1915—2005）当年是电影刊物封面的宠儿。黎莉莉的演艺生涯自1931年的《火山情血》延续到1953年的电影《智取华山》。不知有没有影迷认出《智取华山》里匪首的老婆就是黎莉莉饰演。

我喜欢厚书,《中国文艺年鉴》厚达八百页。1935年度这本封面画署"人仄",我看着有点儿像"M"多了个撇,请教了南京金小明先生,他告诉我"应该是郑慎斋,以其号'人仄'为署"。

1936年度《中国文艺年鉴》出版于1937年7月,实为绝唱。主编杨晋豪"校了全书后记",最后的话是:"我很希望文艺界上的朋友帮帮我的忙,多多通信赐教,如能把各地文艺界的情况见告或把文艺产品——杂志或单本——见赐,那我是更加感谢了。"

怎么形容这堆"断烂朝报"于万一,或许"八千麻袋事件"引出鲁迅的话最受听:"中国公共的东西,实在不容易保存。如果当局者是外行,他便将东西糟完,倘是内行,他便将东西偷完。而其实也并不单是对于书籍或古董。"

中学时代结束，下乡插队。知青集体户，头两月有生产队派专人给我们做饭，两个月以后，知青自己做饭，哪里还有什么"吃食堂"。也不能说整个八年一点儿食堂的影子也没有，只不过我们不够吃食堂的资格。比如说公社的食堂。我怕记忆有误，刚刚与一起插队的王某某证实，他告诉我咱俩曾经在公社食堂买过两个馒头（仅此一次），死面的，巨难吃，这是实情，内蒙古农村本来是不会蒸馒头的。王某某还告诉我，他在学校吃食堂，用饭卡，一个月六块钱。他还告诉我学校分老师食堂和学生食堂。

另外一处吃食堂的记忆，是在"出民工"的工地设的民工食堂。什么叫"出民工"呢？比如修公路修水库这样的工程，由各生产队抽调农民或知青参加，工分还按生产队的标准记，这就叫"出民工"。出民工，换个环境，干不足三十天也给你记上三百工分（十分是最高分），很划算。工地上设有两种食堂，一个干部食堂，一个民工食堂。

回北京之后，上班到退休，"吃食堂"这词几乎须臾不离。吃过本单位的食堂，偶尔也会在别的单位食堂吃，饭钱由朋友买单。我供职的单位，周三上午是雷打不动的全体大会，食堂的大师傅也必须全体参加，所以周三食堂中午饭，不用猜，一定是面条，面条省事呀。这样图省事做出来的面条，清汤寡水，没滋没味，因此每逢周三，吃食堂的人很少，大家伙儿各找各的饭辙。

吃单位的食堂，都是同事，大家一起排队，隔三岔五，总有那么一位四十多岁的女同事，笑嘻嘻地对我说："小谢，借我两毛钱饭票。"不单朝我"借"，其他同事也有相同剧情的"借"饭票。久而久之，同事们都知道她有这个毛病。那个时候，几十块钱工资，发薪后第一件事，马上买十块钱的饭票，这样一个月就踏实了。

二〇一九年二月二十日

小院春秋

我在北京曾经住过的两个四合院,一个至今尚完整地存在,一个已经完全不存在了。存在的这个院子,唤不起我一点儿的记忆,因为那时候我还不到一岁。那个已经不存在的院子,却完整而清晰地存在我的记忆里。

一九五〇年代初父亲母亲带着姐姐和我从上海迁居北京,刚开始父亲单位给我家安排住在东城西总布胡同7号,7号是个两进的院子。十几年前父亲和姐姐重返7号院子,与现在的住户聊了很久,还拍了合影。前几天我忽然在《北京四合院普查成果与保护》一书里看到7号赫然在焉,是这样说的:"二进院正房三间,前出廊,明间吞廊,硬山顶,清水脊合瓦屋面。"我家住正房西间,"明间吞廊"即中间那间凹进去一块,正好给西间和东间留了独立的门。明间吞廊样式的房子，我见过的很少，其实我没有真正住过，父亲说我和奶妈住在院子的另外一间房里。

家里有一本老相册，其中一张老照片的谜最近才解开。照片是120相机拍的，房门前三层石阶，错落地站着四排小孩子，唯一坐板凳的是我，抱着个饼干筒笑着。第二排是四个小女孩，姐姐在内。最后一排站着个穿旗袍的阿姨，高个子，睥睨地望着镜头。我一直以为这是一张托儿所的照片，误读了几十年。最近偶然跟父亲说起，他告诉我，这些小孩都是他单位同事的孩子，都住在7号，那个高个子阿姨并非托儿所阿姨，是某同事的爱人。父亲的记忆力真是惊人，他还指着阿姨前面的那个小女孩说，她后来演过电影《野火春风斗古城》。我马上在电脑上调出《野火春风斗古城》来看，一下子就对上号了，这位小女孩就是饰演韩小燕的王俊莲。韩小燕那句台词多脆生，冲着周大伯（邢吉田饰）嚷："光顾杀棋，回头就别吃（饺子）！"

7号院子住了不到一年，单位给父亲安排到西城太平桥大街的按院胡同60号。60号在路南，北京的好宅子讲究坐北朝南，因此路北多为高门大户的院子，西总布7号在路北。父亲进了按院胡同以为60号也像7号似的气派,跑到路北的一家大宅门啪啪拍门,出来一个门房告诉父亲找错了门,60号在对面路南呢。

在老北京,能够横跨两条胡同的宅子才算得上"庭院深深深几许"之豪宅,父亲拍错门的那座大宅,前门在按院胡同,后门开在学院胡同。换言之,有后门的大院其纵深都短不了,路南的院子一般都有不了后门。按院胡同是东西向,里面还穿插着几条南北向的短胡同,60号就在短胡同里,很隐蔽的大门又在短胡同里拐了个小弯。按院胡同在明朝的时候叫巡按察院胡同,因巡按察院衙署而得名。经历几百年沧海桑田,最初的房屋院落大变模样,不变的只是胡同的东西走向。据我的考证,60号的房子是1926年建造的。

60号院子的格局是这样的:门洞右手是一小间,约六平米。门洞往里迈上两步就是西房的山墙,山墙上做了个假影壁。再往左拐两小步是两间小房子,一间六平米吧,另一间三平米有门没窗,后来才知道这小间原来是茅房。可别小看这三间小房,它们可都是朝阳的,每天日照不少于四小时吧。西房三间和南房五间里的一间半共同组成了60号的外院。父亲单位分配给了我家西房三间和门洞左右两小间。四口人加上奶妈和保姆，住得还算宽敞，父亲尚能布置出一间书房。厨房设在门洞右手那间，窗下有个自来水龙头。左手那小间或奶妈住或保姆住。外院和里院隔着一道墙，中间有个漂亮的月亮门，外院曾经植过一丛翠竹，这些美景都是大人讲的，我不曾记得。

里院由北房三间，东房两间，南房三间，另有几间很小的耳房围成。房东住大北房，我不曾记得进去过。四合院潜移默化地教会你明白等级的存在。整个院子只有外院有一棵树，一棵枣树。秋天果实累累，终于有一天房东老太宣布打枣，房东一家人连打带拣，然后赏给每家一小盆。父亲讲东房曾经一度租给过我家使用，房东大儿子结婚客人多还借东房摆了两桌酒席。老北京有个讲究，"有钱不住东南房，冬不暖来夏不凉"。60号的东房夏天很遭罪，西晒使得屋子像蒸笼，南房相对好一些，而且南房是全院唯一有后窗户的屋子。南屋后窗户外面是个夹道，夹道的那边是所著名的中学校，院子里学习好的男孩子考上这所中学，课间休息十分钟都来得及跑回家一趟。我弟弟是一百九十六分考进去的。近有近的坏处，弟弟的同学一放学先到我家大聊其天，弄得人声鼎沸,然后一哄而散。弟弟同学的名字及绰号至今我还能记住不少,他们也始终没有忘记我,一种别样的温馨记忆。

有那么两三年,院子里家家栽葡萄,北屋和我家是紫葡萄,南屋栽的是绿葡萄,小颗粒,比紫葡萄串紧密,甜中带酸。有一年,我家葡萄丰收,正赶上老邮递员来,真诚地请他吃上一串。父亲在外地工作,所以我家的信和汇款单比较多,从小听惯了邮递员的喊声,"某某某,拿戳!"说起葡萄,还能勾起一件往事,我家保姆从小给我们带大,后来她去南郊果园工作,每年初秋都不忘送来一大筐的葡萄,大吃特吃,真过瘾,那时候的葡萄似乎比现在的葡萄味道正。有一年,我家在窗前种了几株老倭瓜,这种瓜很好养,不用精心伺候,旱涝不计,院子地方小,它的秧子爬上房顶一样果实累累,华于春者实于秋,大小一共结了三十二个瓜,姐姐挑了一个最大的送给小学校老师。

60号小院三十多年的生活,以我到农村插队为界,上面所说为前半截。我插队之后每年冬季农闲回家一趟,住上三四个月。此时的小院发生了很大的变化,多了两家新的住户,里外院的隔墙拆掉了,旧的称呼"太太""先生"也改口了,北屋九十岁的马姥姥听说我回来探亲,颤颤巍巍地来问询几句:"大弟回来了,那边生活怎么样?"这一年的二月,母亲去世,家里只剩了上初中的小妹,五间房只好退租了三间。退掉的三间马上住进了三家。几年后我们返城,两间房一时人满为患,行军床派上了用场,我呢,则尽量争取在单位值夜班。日子像流水一样的一天重复着一天,直到我在小院结婚生子,终日柴米油盐,锅碗瓢盆,连果实累累的枣树竟亦无暇抬头望上一望。

二〇一八年九月三十日

母亲的最后一天

每年的 2 月,每年的 2 月 27 日,我都会记起这是"母亲的最后一天"。离开那个最后的一天已经四十七年,我觉得应该写点什么,于是就写了下面这些话。

1951 年 1 月,母亲随父亲自上海迁来北京,先是住在西总部胡同路北的一个大四合院,那里是中图公司的宿舍,从上海来的职员及家属暂栖于此。这座四合院如今尚完整地保留着,前些日子我专门去了一趟,在我家住过的房子面前默念岁月的流逝。家里保存的一张老照片,十几个幼童合影,我和姐姐在内,我一直以为是幼稚园拍的,后经父亲回忆这是在西总部胡同院子里拍的,这些幼童都是中图公司职员的孩子,有一个小女孩后来曾经出演电影《野火春风斗古城》中燕来的妹妹。

在西总部胡同住了不到一年，我家被分配到西城的按院胡同。按院胡同是个古老的胡同，明朝时胡同内有"巡按察院衙署"，这就是"按院"的来历。母亲一直生活在南方，不适应北方的风寒干燥及诸多不便（抽水马桶和茅坑的天差地别），这是我后来猜想的，母亲从来没有抱怨过一句。我家在上海住的是洋房，阳台很大，姐姐在阳台骑儿童车的照片还在。如今这座房子也完整地保存，好像是愚园路的一个政府单位使用着。

按院胡同西口紧挨着城墙，出了东口是太平桥大街。太平桥大街原来是京城的排水沟，民国时将明沟改为暗沟，便成了马路。《燕都丛考》云："通沟即大明濠。今已夷为马路。"《天咫偶闻》云："阮文达公蝶梦园在上冈。公有记云：辛未、壬申间，余在京师贷屋于西城阜成门内之上冈。有通沟自北而南，至冈折而东。冈临沟上，门多古槐。屋后小园，不足十亩。而亭馆花木之胜，在城中为佳境矣。"

这条流经太平桥的"大明濠"，自西直门入城，蜿蜒南下，途经赵登禹路，佟麟阁路，石驸马大街，然后往南流出城。石驸马大街旧名石驸马桥。大明濠上原有三十几座桥，今天皆名存实亡。为什么要在这条濠上如此啰唆，因为濠夷为马路后，上面跑着7路公共汽车，始发站为西直门外的动物园，终点站为前门，终始站均为闻名遐迩的古城名胜。啰唆的根本原因是母亲上下班必乘7路汽车，二十年往返粗算下来不少于一万次吧，而最后一天早上乘车去，再也没有乘车回。几十年来，7路车还是跑这个路线，我偶尔也搭乘7路，目的只有一个，妄图时光倒流。

1969年12月，已经在内蒙古农村插队一年零三个月的我回家，当时叫探亲假，这个假期没有期限，家庭经济条件好可以长久住下去，我家五个孩子四个插队，靠父母一百二十元工资是住不长的。我住了四个月，因为农村冬闲。母亲见我们回来当然高兴，赶紧向远在青海农场的父亲要全国粮票。粮票是定人定量，我们的户口已迁往农村，对不起，北京可以住但粮票须自谋生路。农村苦日子的经历，使我体会到母亲独自一人操持七口之家的艰辛，第一年劳动工分挣了一百元我马上给母亲寄去四十元，母亲回信说特别高兴。母亲的养育之恩，我唯一的报答也许就是这微不足道的四十元，说来心酸，这点钱还不是又用回到我们身上。

母亲上班的单位新华书店发行所在绒线胡同，绒线胡同西口对着就是石驸马大街,发行所右边是杨振宁母校北京第三十一中学。发行所在一个"庭院深深深几许"的大宅门里,如今仅存大门洞,每每路经我必投以深情一瞥。母亲身体一直不好,做过两次较大的手术,住的医院叫"二院",也是在绒线胡同。

1970年2月27日凌晨4点20分,母亲病逝于二院。我所谓的"最后一天",应该是2月26日,母亲26日下午还在批判会上发言,还扫雪,晚饭还是自己买的,吃了两口便晕过去了,只来得及对同事说:"我不行了,快叫孩子来。"就再也没有醒过来。

26日我的日记是这么写的:"晴 灿烂的太阳和她的光芒今天又普照人间。白雪晶莹,银光耀眼,雪后之晴,无限美好!"并没有料到即将发生的灭顶之灾。

27日上午和下午,我分别写了两大段日记,详细地记录了母亲的最后一天,实际上也是"最后的早晨",因为母亲上班之后就与我们永别了。我写道:"从一九六五年到今天的两千来篇日记中,今天的日记最为沉痛,抚养我长大的妈妈去世了,我的心阵阵绞痛,妈妈没有了!!!"

昨天下午独自吃过晚饭,准备去经委礼堂看六点半的电影《珍宝岛不容侵犯》,匆匆赶到那里却碰到"因故停演,观众勿候"。又惦记蔡盈来送相机,赶紧回家。刚回家,张宽告诉我,妈病了。到方家一问,妈住院了。吓得我有些慌张,幸亏还认得孙大起家把姐叫回来,一起去二院。

我的日记从来没有如此详细记过,如果靠回忆这些细节无从记得。

赶到急诊室,妈妈已经人事不知,正在输氧。我想到了最坏的结果,仍不免神情错乱,不相信会真的发生。妈妈早晨不是还好好的吗?早晨炉子灭了,妈妈没有喝牛奶,让热好了晚上回来喝。妈妈还让姐去前门买出口的衣服,说晚上回家过过目。妈妈临上班前对我说,当时我还蒙头大睡,问我会生炉子么,我说会,和平日里答的一样,没想到成了今生今世,我与妈妈最后的一句话。

最近在抄旧日记(准备出书),2013年12月22日在姐姐家，她对我说："妈妈去世的头一天，妈妈告诉她前门在处理出口的睡衣，给了她十块钱（钱包里只剩这张十块了）。姐去了前门买到了睡衣，很高兴地乘7路汽车回家，路过发行所时想下车告诉妈妈这个好消息，感觉又累又饿的她心想等妈妈晚上下班回家再报告吧，谁料到妈妈晚上就没了。"

同一件事，一个人的回忆往往不完整甚至不准确，加上姐姐的回忆，母亲最后一天，我们在做什么就明晰了。

2月28日我的日记："妈妈的棉猴口袋里有几十张五分的汽车票，一张一毛的也没有。可知她在操劳之后，为了省五分钱，每天还要走两站路，而且前天还下了大雪，地非常的滑。我真是伤心极了！"

我前面说的7路汽车，从太平桥到绒线胡同东口共六站，五站之内是五分的车票，五站以上就得买一毛钱的票。我不清楚母亲来回少坐的是哪一站，上冈胡同那站叫"麟阁路"，下一站是"太平桥"，母亲下班可能是提前在麟阁路下的车，然后走回的家。

二〇一七年二月一日

"小燕子,穿花衣,年年春天来这里"

王丹凤主演电影《护士日记》,插曲《小燕子》是她自己唱的,王丹凤的声音一听就能听出来,有那么一点儿嗲。《护士日记》上演的时候我才多大呀,不知为什么,《小燕子》带给我的却是惆怅的情调。后来我在苍茫茫的青海待过两年,才体会了"年年春天来这里"的意味。《护士日记》片首曲也像是王丹凤的声音,另外几首明快嘹亮的插曲反倒无人传唱。

王丹凤 2018 年 5 月 2 日在上海去世,享年九十三岁。王丹凤丈夫柳和清早她两年去世。王丹凤那些人所共知的资讯不是本文的目的,我想从私藏的电影资料中勾勒出一些少为人知的"王丹凤"来。说起鄙藏电影资料,当然不敢跟崔永元的电影资料馆相提并论,颇足引以为傲的是,因为我写了《梦影集——我的电影记忆》一书,中央新闻电影纪录片厂特光临寒舍拍"电影"呢,片名《百年光影》,于人民大会堂首映。虽然片中称我"影迷谢其章",且只有十几秒的镜头,可是您要知道《百年光影》里多少大明星没露影没念名呢。

王丹凤的演艺生涯大致可分为五个时段,即上海沦陷时期,抗战胜利之后,香港时期,新中国时期和八十年代。影迷们不太熟悉的是前三个时期,许多老电影的拷贝不是损失了便是嗞嗞嘎嘎无法观赏。比如《春江遗恨》干脆连专业人士也看不到。倒是那些纸质品,海报呀,明星照呀,电影说明书呀,电影杂志呀,留存至今,为影迷们展示着风华绝代的王丹凤。如果你不是王丹凤的铁杆影迷,如果你只是看过1980年王丹凤的收山之作《玉色蝴蝶》,请求你千万忘掉惨不忍睹的近乎自我毁容的《玉色蝴蝶》吧,不妨回看这几部王丹凤演出的老片子:《家》《护士日记》《女理发师》《海魂》《桃花扇》。越是美艳如花的女演员,其艺术生命越短促(四十岁是个坎),勉强演下去,真不如急流勇退,给影迷留个好念想。

王丹凤出道之初,神州板荡,山河失色,个人命运如不系之舟，飘忽难定，幸与不幸，难说得很。王丹凤在上海滩声名鹊起之时，也是张爱玲大红大紫之日，两位女子在战后都遇到了一些小麻烦。1946年上海《银都画报》上刊出《王丹凤之谜》，里面这样写道：

> 胜利后沪上各影片公司偃旗息鼓，以冀相机待发，最近周剑云、柳中浩（按：柳和清之叔父）、严幼祥等纷纷筹组影片公司，又在重整旗鼓，网罗从影人才，于是周剑云组设之大中华影片公司，制片厂设于香港，特到沪与金嗓子周璇接洽拍片事宜，而周璇鉴于大后方影星白杨、秦怡、舒绣文等，先后拍摄目空一气，认为鸠夺鹊巢。把过去的成绩，只落得一干二净，所以经周剑云邀请赴港拍片，就毅然允诺，已于十月三十日由沪飞港。

打断一下再接着抄录《王丹凤之谜》。抗战后，演员也分成好几派，从大后方得胜返乡的演员气焰逼人，好像胜利是她们打下来的。留在上海的演员，好像做了天大的亏心事，为什么那几年去香港发展的演员那么多，就是这个原因。有的演员后来回到上海，如周璇、王丹凤，而陈云裳、李丽华等一流明星则永远留在了香港。虽说"楚人遗弓，楚人得之"，终归这是中国电影史的一段插曲，理应提上一句。有一段当年的评论不失公允："去年战事发生后，影界从业演员们一部分西上川汉，一部分逗留'孤岛'，去的固是热心，留的却也未必便是凉血。不过留在上海的，忘了祖宗三代的混蛋并不是没有。"我以前写过《郊游图》，这张大型漫画聚集着"孤岛时期"五十几位当红的影星，王丹凤名列其中。欲多知道一点儿历史背景，可以读一下拙文，王丹凤当时只不过是个小明星，小人物，或如《王丹凤之谜》给出的定位"可怜虫"。

同样是从重庆荣归，与王丹凤交谊深厚的胡蝶这么说：

> 抗战胜利后，全家回到上海，但也并没有住得太久。我们拜访了亲朋好友，他们有一些在沦陷时由于种种原因未能离开，好不容易盼来河山光复的日子，但又出现了复员接收中等等新的问题，就是我在前面讲抗战胜利后的电影时谈到的。这些电影反映了当时民众等待、盼望到失望的心情。

有声是生意人，他不参与政治，但对局势很敏感，他对我说，人心的动荡与不安，正隐伏着新的危机……所以抗战胜利后的第二年，我们全家又迁居香港。(《胡蝶回忆录》)

《王丹凤之谜》接着写道："柳中浩组办之国泰影片公司，因不示弱亦积极进行，影星方面已物色了王丹凤、乔奇、严俊等在开石路寓邸大事请客，以示联络。致王丹凤小姐虽一度拍摄《春江遗恨》，各界颇多指责，王丹凤以人言可畏，深居简出，暗自流泪。据传王丹凤将再度水银灯下生涯，不久就可与观众在银幕相见矣。"果不其然，王丹凤很快出演了《乱点鸳鸯》《肠断天涯》《银海幻梦》《终身大事》《珠光宝气》等片子。忠心耿耿的影迷们，给王丹凤送来温暖。我收藏有全份《电影杂志》(1947—1949)，大略统计里有关王丹凤的三十几篇，多数是影迷的来信，还有影讯和采访。其中只有一条不靠谱，纯系流言蜚语："王丹凤和韩非之传说，渐趋白热化，有说王丹凤曾气走柳和清而挽韩非出游。"这是我目览所及唯一涉及王丹凤的八卦。纸醉金迷上海滩，浊浪滔滔，欲遗世独立，冰清玉洁，不容易。

《电影杂志》对影迷可谓"有求必应",连王丹凤的住址也是可以公开的。王丹凤对影迷亦"有问必答",而且反应机敏,口才出色!有位家住上海衡阳路叫陆小曼的影迷问:"有一天我看见你坐三轮车路过我家门口,我高声喊你,你听见了没有?"王丹凤答:"没有呀!假如我听见的话,我早就回过头来看你了。"这倒使我想起一个旧事,一个档次很低的民间收藏表彰会上,露天的院子,姜昆是颁奖嘉宾,他从我们跟前走过时,我旁边的一主儿大喊:"姜昆!"姜昆连头都没回一点反应都没有,我心想真是训练有素却无关相声。

杭州影迷问:"一个女人到应该出嫁而未出嫁的时候,她的感觉该是什么样的?"王丹凤答:"想必和男人在应结婚而未结婚时的感觉差不多吧。"

南京影迷问:"假使我写给你的那封信的信封上,只写上海王丹凤收,是不是也能送到你府上?"王丹凤答:"那可要请教邮政局了。"

上海影迷问答:"你最喜欢吃甜的呢?还是带咸味的食物呢?"王丹凤答:"甜酸苦辣咸,在我是一视同仁。做人就该五味遍尝,何况是食物。"

上海影迷问:"你喜欢演那一类型的角色?"王丹

凤答:"老太婆型!别笑,人总要老的,所谓人老珠黄不值钱!假如从小老太婆演到老老太婆,这一路线,一定可以使演技洗练。"

二〇一八年五月九日

姜德明先生

老师和先生,意思差不多,可是我不管是在信里,还是电话里,还是见面,一直称呼"姜德明老师"或"姜老师"。曾经问过老友赵国忠,你怎么称呼姜老师,他说"姜先生呀!"直到今年,我在电话里才改称"姜先生",心理这东西,实在说不大清楚的。

1992年2月25日晚上,我冒冒失失地给姜德明先生写了第一封信,3月4日晚下班回家收到姜先生的回信。那时候我热衷搜集民国书刊已经有四五年了,知道姜先生是旧书刊收藏的大家,散文亦极出色。1963年9月21日《人民日报》副刊发表了姜先生的《清泉流向千万家》,此文得到叶圣陶的称赞:"欣快之至,钦佩之至。写报道文章,走此途殊为正道,设计好,语言不采学生腔，使读者感觉有余味。"姜先生读叶圣陶信后"心跳加速，似乎至今仍有余感"。"我怀着感激的心情藏好这封信，多年来从未示人。"如今回想，我收到姜先生第一封回信不也是这么样的心情么。姜先生在信中称我为"同好"，没过几天收到姜先生送我的《燕城杂记》，"其章同志指正　姜德明"。当时想着怎么答谢呢，就回信说想送姜先生几本《立言画刊》，没想到姜先生回信说"为什么要送人，为什么不自己留着"。1999年，我的第一本书请姜先生写序，写得了我去姜先生家取，总不能空着手去吧，买了一大把香蕉，姜先生说小谢你拿回去吧，好说歹说命令我拿回半把。

　　1992年到1997年五年间，我大概每月给姜先生写一封信，姜先生每信必复，这几十封信连信封我都珍藏着呢。有一封信邮递员给插门上了不知道被哪个熊孩子偷走了，我这个懊丧呀，竟然想让姜先生重写一封。姜先生送给我的《余时书话》《北京乎》毛边本，所有的包书纸我也全保留着呢。如今回想，我写信的内容太乏味了，无非就是汇报近来买了什么书——姜先生用得着你给开书单么，你买的那叫什么书呀。有一回我信里说自己收藏有全套《古今》杂志，姜先生在信中夸奖"京城也少有这样的大家"！我还奇怪呢，怎么收藏《古今》有这么重大的分量。1994年年底，我在中关村体育场星期跳蚤市场，以四百元的价格买到近乎全套的《文学》杂志，写信告诉姜先生。后来姜先生将这事讲给巴金听，巴金很有兴趣地听着，并说："那很便宜。"巴金还告诉姜先生，他有全套的《文艺复兴》，《文学》大概不全了。当年我很不懂事，居然开了个缺刊期数的单子请姜先生帮忙配齐，其中竟然还有"《读书》1982年第2期"这种货色。姜先生亦不恼，回信说："君爱书，我一定替你想着。"

1996年9月15日，星期天，在劳动人民文化宫书市，姜先生等八位作家签名售书，这是我第一次见到姜先生。

转过年来，我和老友赵龙江误打误撞地被评上了北京市第一届藏书状元。颁奖那天很冷，散会后我和龙江骑着自行车逛呼家楼书店，回程路过姜先生家，龙江常来很熟，说要不咱俩进去吧？姜先生热情地接待我俩，也许因为我第一次来，姜先生一趟一趟从书柜里取出珍本让我观赏，其中最珍贵的是《围城》初版本，姜先生年青时代于书店买的新书而非地摊货色。我一边双手捧着《围城》，一边赞叹书品之嘎嘎新。龙江后来跟我说你拿着《围城》不撒手，没瞅见姜先生一直盯着担心你给弄坏，我笑着说，咱是玩邮票的，能那么毛手毛脚么。姜先生和我俩聊书时，才知道我的民国旧书不如龙江多，农村俗语"为人不见面，见面去一半"用这儿挺合适。聊天时，龙江好像还说了一句半开玩笑的话，"小谢光写信不来拜访您，是为了多得您的墨宝"。龙江所言不全对，我有个想法，宁肯在想象中生活，甘作井底之蛙，而不愿亲自感知一个永不可及的目标。对的一半是从这次拜访之后，写信改成了电话。二十多年来，我给姜先生去电话，时间一直把握在上午十点半左右，几乎百分之九十五是姜先生接电话，永远明亮爽朗的音调。最近姜先生身体不大好，有一天我十点半打过去电话，阿姨接的，称姜先生休息呢。

我给姜先生去电话不外乎几件事，这几件事可归为一个字——书。电话和手机，真是现代生活须臾离不开的利器。每逢拿不准的旧书刊，在家我电话姜先生请教，在书摊则打手机向姜先生请教。某天在报国寺文化市场一家书摊见到一堆《文艺复兴》杂志，卖家与我相熟，给的熟人价，整堆走一本四十元。我拿不准全不全，手机打给姜先生。某回横二条中国书店期刊门市部办展销，我告诉姜先生这一消息，姜先生第二天去了。更早的一回琉璃厂邃雅斋书店甩卖民国旧书杂志，不像现在人乌泱乌泱的，只有我们几人在慢慢地挑，挑自己买得起的。看到一堆散了页的民国漫画杂志（现在回想应该买），回家后向姜先生汇报邃雅斋所得，顺口说到了这堆漫画杂志。过了几天再去逛，店员说姜先生来过把那堆漫画杂志买走了。别看旧杂志散乱不成形了，其实买回家细细整理，往往能凑出整本的来。散乱不成册的杂志往往卖价很低，往往有意外之惊喜。前向在孔夫子旧书网见到几册《漫画生活》，两千八百元一册，居然也卖掉了。买者在上海办私藏民国期刊展，我对上号了，此人一定是新入行者，此人不会有心理障碍如我们——"过去一块钱两块钱顶天了，如今好几百好几千一本，接受不了！"

我以前说过，姜先生是目光四射不受意识形态束缚的藏书家（姜先生曾说"我不研究张爱玲，看过全份的《亦报》和《立报》"）。民国电影刊物，漫画刊物，姜先生都关注都熟悉。我写民国电影，只有姜先生一个人告诉我哪里写得不对，哪个影星的名字写错了。四十年代男明星白云，当年红极一时。白云真正的帅，洋气逼人。姜先生文章里写过他，少年姜先生也许是白云的影迷。我的小书《梦影集》送给姜先生，姜先生很有兴致地评点，高声说："李琳就是孙维世呀！"姜先生对民国漫画史那叫一个熟悉，他对鲁少飞《文坛茶话图》的考证，力排众议，一锤定音。前向与姜先生聊到江栋良的大幅漫画《郊游图》，姜先生藏有原载此画的刊物，真是厉害，我只有复印件。我偶尔得一回逞，相当于"临渊羡鱼，退而结网"之成果，即《新华画报》。话说姜先生《书衣百影》里有很多夺人眼目的封面，特别美艳的一幅我以为是《新华画报》，丁聪"为《潇湘夜雨》主角貂斑华女士造像"，简直了！姜先生喜欢老电影、喜欢丁聪漫画，这本《新华画报》将两个喜欢完美结合。我根本不存幻想有一天也能拥有这本《新华画报》，翻翻《书衣百影》解解馋算了。也不知是"梦想成真"，还是"天道酬勤"，总不会是"精诚所至，金石为开"吧，终于有一天我淘到了几本《新华画报》，其中便有"貂斑华女士造像"这一本。这是我以姜先生文章为淘书指南，最幸运的一次书运。为了与书友分享我的快乐，特将这本《新华画报》作为小文的插图。

姜先生教我什么书买得对，重要与否，稀见与否。还劝我不要花很贵的钱买书，书永远买不完，买书是无底洞，别因为买书影响过日子。有一回聊到《北平日记》这书里的北平冷饮小吃，姜先生说："小谢呀，那时候可不是谁家都吃得起冰激凌的。"姜先生刚来北京时，新闻学校的宿舍在西城兴盛胡同的一个大院里，兴盛胡同往北就是我住过三十几年的按院胡同，两条胡同挨着。姜先生文章《胡同梦》里详细而动情地回忆兴盛胡同岁月，不由得令我遐思联翩，当年姜先生来过按院胡同么？2011年夏天，我和赵国忠拜访姜先生，我没忘问这个小问题，姜先生说，"按院胡同，路过过，是条小胡同。"姜先生文章里提到的大磨盘胡同，舍饭寺，新新电影院，都是我小时候常去的地方，好遥好远的岁月。

要说和想说的话很多很多，归结为一句：姜德明先生是一本大书，永远读不完。

二〇一八年八月二十二日

我与"东方蝃蝀"李君维先生的交往

"东方蝃蝀"是李君维先生用得最多的笔名,确实如他所愿起到了抓读者眼球的奇效。不但今天的读者诧异,连大名鼎鼎的苏青也说:"东方蝃蝀先生之笔名虽怪诞,其文章实至合情理,上期曾有炎樱小姐谈过女装,今东方先生以男人立场来谈论穿衣,自另有一番见解也。"(1945年6月《天地》第廿一期《编辑后记》)

我从私藏旧刊物中拍摄几幅"东方蝃蝀"书影,以怀念才华横溢的李君维先生。大家注意到"东方蝃蝀文"旁边的"李颦卿图"了吧,李老告诉我李颦卿是他妹妹,这要算旧文坛的小掌故吧。李颦卿除了给自己的哥哥画插图,还给令狐慧(董鼎山)画过。

2015年8月3日,被称为"张边人物""张派作家"的李君维先生病逝,享年九十三岁。李君维自具不同凡俗的文学成就,却被指派为张爱玲传人,幸与不幸,难说得很。忽然想到我与李君维先生的一点儿交往,却怎么也想不起是如何开始的,好像不是我主动的。倒不是自己有多么清高,实在是性格使然,打小就怕见生人和长辈。张爱玲《天才梦》里说的几条似乎也在说我呢——"怕见客""在现实的社会里,我等于一个废物。""在待人接物的常识方面,我显露惊人的愚笨。""在没有人与人交接的场合,我充满了生命的欢悦。"

几件往事或许有助于回想起与李君维先生的初识。手里存着的老杂志,有时会起到一点儿意料不到的作用。这作用均属"碰巧了",没有迎合的意思。最早的一回是赵龙江拉我去拜访梅娘,时间是1997年12月31日。我带去两本沦陷时期北平所出《艺文杂志》,上面有梅娘的旧作。梅娘在一本上题字,"谢谢你替我们这一代保存旧作"。在另一本题的是,"我们历经坎坷,渴望理解"。很久之后,我才理解后一个题字的深意。

另一回是参加"我读老舍"颁奖会,事先知道舒乙与会,便带上《宇宙风》杂志去了,《宇宙风》连载了老舍名作《骆驼祥子》。舒乙在杂志上写道:"谢其章先生有收藏老舍著作原发刊之爱好,收藏颇丰,有文记载,荣获《我读老舍》征文奖。见《骆驼祥子》首发刊,如见亲人,颇激动,特记之。舒乙,1999年3月5日。"舒乙题字之前,将翻开的杂志使劲儿压平,这是为了写字的顺手,哪里知道我的心疼。

还有一回2005年10月14日"第三届民间读书刊物研讨会",也是事先知道袁鹰与会,带去了《莘莘》和《飚》两册上海沦陷时期杂志,上面有袁鹰的作品。

与李君维先生来往不是上述的那种一面之交,也没有走老杂志一途,查来查去竟是止庵的中介。具体日期待查旧日记。翻旧日记居然也成了累活,边翻查边感叹岁月如流物是人非,这样翻查了好几个晚上,终于在2005年3月28日找到源头:"上午与止庵通电话,他说东方蝃蝀(李君维)夸我文章好,有自己的观点。"5月26日"因核对李君维的笔名与止庵通电话"。

6月8日:"上午接李君维电话,买了我的新书《梦影集》,对当年电影界很熟,电影刊物解放后捐了出去。说现在没人理睬他这样的过气人物。人民文学出版社将出版他的旧作《绅士淑女图》。他对我《创刊号剪影》里涉及上海的部分有兴趣。劝我要耐得住寂寞。"

这是李君维先生与我的第一次电话。那一年我的破文章满天飞,可能是这么个缘故,李君维才说出这番话。

6月21日:"11点,李君维来电话,要《家》的剧照,说那两个青年导演,陈、叶是他的好朋友,手里没有他们的照片。另外《天伦》漫画他也要一张。中午即给李老寄去这三张照片。李老称他还用过'枚屋'这个笔名。李老还说给《创刊号剪影》写个书评,我当然很高兴。"这则日记须加个注释,所谓《家》的剧照,乃拙作《梦影集》里的一张书影(1956年上影厂拍摄电影《家》的工作剧照),照片前排坐着张瑞芳、巴金和孙道临,后排站着的两位青年导演是李君维的好朋友。书评一事,于李君维而言实乃屈尊就卑,于我而言受宠若惊之外另有一份感动。

接下来的两则日记,6月24日"李君维电话,照片收到";6月27日"给王燕来打电话,聊15分钟,他去过李君维家"。王燕来是拙作《创刊号风景》《创刊号剪影》《梦影集》的编辑,对我帮助很多很多。

见面的日子终于到了!9月25日"晚李君维两度来电话,邀下周二去他家吃个便饭。问我《创刊号风景》还有存书么。他给《开卷》写《创刊号剪影》的稿

《新北平报》和《立言报》为二十世纪三四十年代北京小报,两个小报都报道了"帕梅拉案",详略程度差不多。"七七事变"后,《新北平报》改名《新北京报》接着出版,《立言报》是否改组为稍晚出版的《立言画刊》,待考。

《小说半月刊》封面画一多半由黄苗子绘作。七十几年后，记者李辉拿给黄苗子看，黄苗子写了好长一段话："时间爱跟人开玩笑，李辉居然找到六（七）十年前我在上海和丽尼（郭安仁，一位杰出的作家和翻译家）合编这本杂志。……"

美丽的《小说半月刊》背后，隐藏着文坛的明争暗斗。"调用郑伯奇创办《新小说》（1935年2月），显然是为了挤垮梁得所的《小说》半月刊。"（葛飞《都市漩涡中的多重文化身份与路向——20世纪30年代郑伯奇在上海》）

这组照片上面两张和下左那张是上海悼念鲁迅逝世的情景,另外三张则为北平的情景,中间两张尤为珍贵。

子，丢了，董宁文这回来又拿去一份复印件。"董宁文是《开卷》创办人和主编。

9月27日"与徐峙立、止庵一同拜访李君维。"最近老是冒出奇奇怪怪的根本不成立的念头。比如说谷林见过周作人，那么我见过谷林是否相当于见过周作人？李君维见过张爱玲，那么我见过李君维是否相当于见过张爱玲？这些看似无厘头的念头，实非无源之水。荒诞十年初期，我亲眼见过，高年级学生代表与领袖握手后回到学校，兴奋得难以自制，没有握到手的同学们争先恐后与他握手。李君维的家在德胜门外，很普通的楼房里很小的三间，光线也不明亮，这是我保存到现在的印象。书柜是那种二十世纪七八十年代的老样式，止庵的书摆了一排。李君维与我父亲一样是1922年生人，又相差不多的时间从上海迁居北京。也许是这么个原因，我才敢问李君维，当年是不是灌过迷魂汤？李老坦率极了，灌过灌过，近乎痴迷，心甘情愿。晚上李老一家三口在楼下的川菜馆请我们仨吃饭，点了六个菜，消费一百八十七元，李老女儿付账。

2005年余下的日记里，与李君维有过电话的是：10月24日、10月27日、11月3日、11月12日、11月

14日、12月12日、12月24日、12月26日和12月29日。值得一说的是这么几件。一、李君维讲，徐淦解放后画连环画，已去世。徐淦在《新民晚报》以笔名"齐甘"写文章，有老向风格。二、香港《大公报》刊载《梦影集》书评，李君维复印一份寄给我。三、李君维看到了《光影百年》中涉及我的十秒钟，怀疑八频道的老片子有人看么。四、《开卷》刊出李君维书评，称我"爬梳剔抉，惨淡经营"，我很喜欢这个评语。

通查2006年日记，只有这几天，1月10日、3月26日、3月29日、5月20日、5月22日、5月23日、7月26日与李君维有过电话，其中5月23日是止庵请吃饭，约在李家楼下上回吃过的那家酒楼。那天，晚春初夏，惠风和畅，酒楼外的藤椅，李君维平静地坐着，在等我们。人生三万六千天，这样的午日，这样的街景，不正合"日午画船桥下过，衣香人影太匆匆"么。

2007年只有1月22日、1月23日、1月30日、2月12日、12月17日五次电话联系。主要内容有：李君维对民国漫画也有兴趣，我赶忙寄去拙作《漫画漫话》。上海老字号"王开照相馆"发现一箱子二十世纪三十年代的照片，有阮玲玉等大明星，李君维讲报道这个新闻时,年轻记者闹了很多张冠李戴的笑话。得李君维贺卡。聊电影《色,戒》。核对我旧藏民国刊物《天地》《文章》《生活》《宇宙》《少女》《幸福》里李君维的旧作及细节。

2008年7月13日,《开卷》创刊一百期座谈会,来了许多文化名人,李君维也来了。会后全体合影,我站在李君维后面,这是我与李君维先生最后一面。

二〇一八年四月十八日

沈公送我繁体字版《读书》

十几年前的一个秋日，我在鲁迅博物馆参加一个活动，正在鲁迅故居前面的空地与人闲聊，汪景闻半搀半扶着沈昌文先生走过来，我的印象如此。其实沈公到现在亦用不着谁来搀扶。汪景闻对沈昌文先生说，他就是谢其章（其实汪景闻的原话比这句更让我受宠若惊，恕我不能照直了说）。这是我与沈公（现在大家都尊称沈昌文先生为沈公）的第一面。沈公八十寿宴，不知是谁将我安排坐在沈公的左首，那时我与沈公的朋友圈不熟，话也不敢说，菜也不敢夹，如坐针毡。好像与沈公只交谈了几句，您知道潘国彦么，他是我表哥；您知道方厚枢吧，他是我邻居。典型的没话找话，套近乎。

更早的时候，在《南方周末》读到沈公的文章

《〈读书〉二十年》，读得我心潮澎湃，不夸张的。旁人不理解我的"杂志控"，为了配齐《读书》，我曾麻烦过藏书家姜德明先生，姜先生回信说，君爱书，我一定记着。什么麻烦事呢？我有一个小本子，上面记着所缺杂志的期数，如《书林》缺"80年4，88年7，89年1、3、9、10、11、12"；《集邮》缺"84年12，89年2、11"；《大众电影》缺"79年2"；《读书》缺"82年2、85年2"。麻烦姜先生的即这两本《读书》，多大的事呀，可您别忘了，今天易如反掌的事情，当年可难啦。我甚至去废品站堆积如山的书报杂志里大海捞针过。当然，现在小本上1949年之后的杂志，全部配齐。1949年之前的数十种，经过三十年艰苦卓绝的努力，配齐了四种，若欲全数配齐，此生恐无望矣。

热爱沈公也好，崇拜沈公也好，你得先热爱沈公念兹在兹的《读书》杂志。

北京对于报刊亭的态度阴晴不定，前几年街头巷尾，隔不多远就一报刊亭；如今呢，十里八里寻不见一个。我倒不是怀念报刊亭，我是怀念那热追《读书》的美好时光。奇了怪了，好像"两报一刊"似的，每个报刊亭必须出售《读书》，阳春白雪与下里巴人，和平共处。我曾好奇地问小区门口的报刊亭,你一月能卖几本《读书》,答,进五本,卖不完退回去。

我上班的时候,每月初的几天,路过报刊亭总要望上一眼,瞅见新一期《读书》摆上了,赶紧下车(自行车)买一本。1996年韬奋三联书店大楼落成,我小区旁的"康恩专线"直达,我每月去一趟,一进门第一件事就是买《读书》。

我以为最好看的《读书》,是二十世纪八十、九十两个年代,最最最好看的是1994至1997年这四年的四十八期。为什么是这四年而不是其他年份,因为我是靠数据说话的,这四年的好文章,我专门用本子抄了下来,对不起了,别的年份,不是你们不好,是我懒了没抄,盖抄不胜抄。忽然想到,这四年沈公还在不在《读书》主编任上,应该在吧。现在每年略抄几文,以证吾言不虚。

> 1994年第1期(总第178期),辛丰年《怀娥铃在中华的冷热》。
>
> 1994年第2期(179期),周劭《失落感旧之一》。

1994年第4期（181期），林夕《岂待开卷看，抚弄亦欣然》（用红笔点了三个惊叹号。林夕用红笔圈上，后来知道这是杨成恺的笔名。）

1994年第5期（182期），恺蒂《无冕与有冕之争》。

1994年第6期（183期），恺蒂《书里的风景》。

1995年第1期（190期），谢兴尧《我编专刊》。

1995年第2期（191期），李佗《开心果女郎》。

1995年第5期（194期），扬之水《世纪初的"开心果女郎"》（扬之水的巅峰之作。那本港货"开心果"好贵呀）。

1995年第8期（197期），邓云乡《梅兰芳·齐如山·剧学丛书》。

1995年第12期（201期），张中行《有关史识的闲话》。

1996年第1期（202期），董桥《初白庵著书——砚边读史漫兴》，一默《关于黄裳》。（微博和微信是谣言和谎言的温床，搬弄是非者的筵席。我一向敬重黄裳先生和董桥先生，却被流言蜚语传走了样。黄裳先生在接到我的信后，回信称"……

我也是听来的。先生为文波俏，易引误会。"一场风波遂寝。)

1996年第3期（204期），谢兴尧《回忆〈逸经〉和〈逸文〉》。(我父亲1951年给《人民日报》投稿，认识了谢兴尧，谢兴尧送父亲他写的一本书现在归我保存。《逸经》总出36期，我刚刚配齐。)

1996年第8期（210期），金性尧《饮冰室藏书目录》。(金性尧笔名"文载道"，四十年代上海文坛知名作家。)

1996年第9期（211期），施康强《砖塔胡同》。

1997年第2期（215期），王蒙《我心目中的丁玲》。(王蒙于《读书》专栏名"欲读书结"，篇篇好！)

1997年第11期（224期），李长声《日本稿酬古今谈》。

1997年第12期（225期），聂作平《日记是可怕的》。

当初年幼无知，很烂的文章也抄了若干。黄裳说得对，"愧则有之，却并不悔"。

沈公卸任之后的《读书》，慢慢地感觉不那么好看了。到了汪某主政时期，好像还闹出了个什么"长江《读书》奖"的闹剧。三百期以后的《读书》，我不再痴迷地一期期买了，在书店翻翻目录再决定买不买。现在呢，懒人的春天啊，我连《读书》的名字都懒得去听了。

2009年初秋，"九一三"这天，陆灏来京，在北河沿翠明庄宴客。来客有沈公、止庵、李长声、徐时霖、绿茶（方旭晓）、我。陆灏点菜，边点边问大家什么是不吃的，牛羊肉一致"被不吃"。我问沈公繁体字版《读书》出了多少期，沈公说两年吧，并答应送我一套。11月3日，收到沈公寄来的一大包繁体字的《读书》。

很多年前在琉璃厂旧书市，偶尔买到两本繁体字的《读书》，香港三联书店所出，内容与简体字版并无二致，印书纸却好很多，令我一见倾心。繁体字，不怒自威，同样的文章，不一样的感觉。电脑上作文，"简转繁"很容易，我有时也玩玩这套自欺欺人的把戏，卷面的感觉有一点儿"化腐朽为神奇"。

沈公告老还乡，发挥了一个大大的余热，与俞晓群、陆灏谋划出版了《万象》杂志。当时我真高兴坏了，1941年的老《万象》，寒舍存有全份，看到新《万象》创刊号的目录，有如老《万象》还了魂。还真被我猜中了，《读书》上的好作者，泰半移师《万象》，这自然是沈公的感召力。

敬沈公，敬《读书》。

二〇一九年三月八日

止庵的东瀛文化之旅

　　止庵近有新书《游日记》。2009 到 2017 年，八年里他去了日本二十六趟，二十六趟合计三百五十九天，三百五十九天三百五十九篇日记，再加上止庵亲手拍摄的一百二十八幅照片，组合成一本沉甸甸的书。《游日记》并不是那种轻而易举即可读懂的书，就算是旅游的标配"行，宿，玩，买"，到了《游日记》里全部升级为高配的"文化之旅"。我不敢说读明白了《游日记》，但是我尽力避免另一种读书法，那个法子未免把读书看容易了。很多人喜欢用"一口气读完"来形容对某书的喜爱，我反感"一口气"这个词，没想到巴金竟然也喜欢用——"我写《长生塔》并不费力，可以说是一口气写成的。"这就难怪出版商以"一口气"为噱头，什么

《一口气读完大清史》《一口气读完二战史》《一口气读完欧洲史》鱼贯而出。我没去过日本,通过《游日记》来了解日本,不失为一条省钱省力之捷径。一百个读者就有一百个《游日记》,也许我的视角与您稍有不同。

一

《游日记》里有很多"参观记",不知您注意了么。这些参观我觉得还应细分为"瞻仰""凭吊""向慕"几种意思,总归属于了解日本历史、了解日本文化的简便易行的方式。这些参观,表面看起来并无深意,实则隐含着止庵个人的品味——

"参观'国宝阿修罗展'。"(2009.10.19)
"参观根津美术馆、太田美术馆。"(2011.2.1)
"参观日本浮世绘博物馆。"(2012.9.13)
"十时参观三岛由纪夫文学馆。"(2012.11.22)
"我就想还是去参观一下松本清张记念馆罢。"(2015.2.10)
"参观广岛平和记念资料馆。"(2015.2.20)

"去实笃公园,参观武者小路实笃故居。"(2015.5.9)

"参观辻口博启美术馆和角伟三郎美术馆,前者是美食艺术家,后者是已故漆器大师。"(2015.5.11)

"走到镇子里,参观小金丸幾九记念馆。"(2015.12.24)

"步行十五分钟到修学院离宫,按约定十时参观。"(2016.6.3)

另外一些非正式的"参观"令我惊骇。如这则,"又沿玉川上水而行,途经太宰治自杀处,路边有一金属铭牌,上刻太宰治《乞食学生》中的一段话,讲到玉川上水,还有他坐在这条河边的一幅照片,当时此地似很荒凉";"买了一块印有他的头像的丝巾,我素不买旅行纪念品,但于太宰治似可例外"。止庵对于日本文学像对中国文学一样有过系统的阅读和研究,他曾说:"日本现代作家中,我最喜欢的是三岛由纪夫和太宰治。我对三岛充满敬佩,对太宰深感契合。""他们最后都以自己特殊的自杀方式完成了人生追求。"止庵在一处

"这里是有名的轻生之处"的海崖上,见到一对青年男女用口红写下的遗书诗碑,上书"白浜的海,今日依然波涛汹涌",下署"一九五〇.六.一〇 定一 贞子",不禁感慨系之:"我对于自杀者总有一种既悲悯又敬重之感,但或许这也不对,面对如此死法,生者大概只能缄默。"此番话,我极其赞同,傅雷夫妇双双从容自缢,我们惟有敬重。

我很感兴趣也是很眼馋的是止庵对于日本"文豪之家"的参观,这种兴趣来自我对日本建筑的兴趣,来自我对作家书房的兴趣。日本的房子自有特点,一个是榻榻米,一个是推拉窗推拉门。过去每当风雨突袭,总是能听到玻璃破碎的声响,这是我们窗户设计上的缺陷。《文豪之家》前几年译介到中国,宣传语煽情而合度:"带你进入日本文豪的居所,一睹日本文豪的生活,看他们每日所用之物,探巨匠之写作舞台、卓越文字之源。他们不是单纯的作家、文士。在他们身上,有一种独特魅力让世人瞩目,这就是文豪。体会三十六位日本文坛巨匠,详尽的鲜活人生!《文豪之家》可见三十六位日本文豪宅邸无死角全景,从江户川乱步陈列读本的书架、到松本清张每日写字的钢笔、到夏目漱石暖手煮茶的火钵……更有这三十六位文坛巨匠大量珍贵手稿和照片！"

我们也出过类似的书，冠以"名人书房"招牌，但总感觉欠缺什么，或者人不够"豪"或者家不够"豪"。这三十六位"日本文豪"之家止庵实地参观过十几家，《游日记》里均有记载，他讲，"过去读过不少他们的书，现在得以看到他们的家的样子，仿佛与他们更接近了，感觉特别亲切。"我真羡慕止庵，并问他书里为什么不放几张"文豪之家"照片，他说只许参观不许拍照。看不到照片，可以从文字里想象文豪的影响力——"三岛由纪夫文学馆，二层楼房，收藏有图书三千六百册，杂志二千四百四十册，电影话剧资料六百五十种，作家手稿等资料一千五百四十种。参观时放映一部五十分钟长的专题片。此外还特别复原了三岛由纪夫的书房。"早年间我在书摊买过日本所出文学家生平一类的画册，对日本作家书房有一点儿知道，到底属于隔靴搔痒。倘若此生有机会去日本，第一要务便是参观"文豪之家"，什么樱花、日料、温泉，通通靠后。

二

听说有位饕餮之徒读了《游日记》,被书里详之又详的菜单蛊惑,夺门而出,寻到日本料理店大快朵颐。不管这位老兄吃相如何,理应算作《游日记》读法之一。还听说有位好书之徒读了《游日记》,被书里详之又详的书单所蛊惑,欲打包收购。不管这位老兄夺人所爱成交与否,理应算作《游日记》读法之一。我也是"好书之徒",早年间在北京旧书店与日本"好书之徒"争抢过抗战时期所出书刊。

买书,实乃止庵"东瀛文化之旅"的重头戏。"行,宿,玩,买",旅行结束之后,只有"买书"属于真金白银的"不虚此行",结结实实的"旅行纪念品"。那些每到一国一地,买国旗,买特产,买冰箱贴的旅行,也没有什么不对。作为读书人的止庵,买书本是寻常之事,可是专门在日本买书则非同寻常,这里有什么奥妙么?《游日记》2009年10月21日记有:"在山本书店买傅芸子著《白川集》(文求堂书店,1942年12月初版,中文)……这是我首次在日本买书,亦可记也。"猎书者无人不知《白川集》乃稀见之书,止庵初涉此道，起手即擒获《白川集》，行话来说"眼力够"。后来他又在日本买到傅芸子另一力作《正仓院考古记》，合为双璧，真是书缘不浅。以前只知道止庵读书很厉害，没想到淘买旧书也很内行。幸亏他只是在日本淘买旧书，成不了我们的劲敌。

在日本淘买什么书大有讲究，是"沙里淘金"还是"沙里淘沙"，自己要有准星，切忌见猎心喜"揽进篮子就是菜"。止庵把读书的认真劲儿用到买书上面，所以没交学费没走弯路。他首先将准星定在日本出版的中国作家书籍，傅芸子是个成功的战例。还有一个更成功的战例，《游日记》2012年11月26日记着呢："在琳琅阁书店买松枝茂夫译、周作人著《中国新文学之源流》（文求堂书店，1939年2月11日初版）。至此，周作人生前八种日译本均已收齐。"藏书圈有一个说道，"小专题"出成绩快，止庵无师自通地掌握了诀窍，对于最靠谱的《周作人传》的写作者他来讲，水到渠成而已。

11月26日这天日记很长，简直是一篇精干的论文，建议细读。这天止庵收获颇丰："在东城书店买《旧都文物略》（北平市政府秘书处，1935年12月出版）。"《旧都文物略》，八开大书，制作尤为精湛，放在今天也是傲视群书。二十世纪九十年代古旧书拍卖业兴，此书一直是拍场宠儿，价格高居不下。我一直垂涎其美色一直无缘购置，想不到止庵轻而易举在日本买得，书品完好如初。张北海小说《侠隐》里面有一段："两边墙上是书架……关于北京的中英文著作一整排，他（李天然）抽出一个大开本，是市政府刚出版的《旧都文物略》。他靠在躺椅上开了灯翻，蛮有意思，虽然讲的都是老玩意儿。不过里面倒是有内城六个区和外城五个区的街道图。"鲁迅藏书中也有一部《旧都文物略》，这事还小么。

顺藤摸瓜，止庵又淘买到《北京案内记》初版本，是部名书，关于老北京的书册亦可形成一个小专题。《北京案内记》可与张恨水审定的《北平旅行指南》相媲美。

斋藤昌三《藏书票的话》，可称之为藏书票界"圣经"。文艺市场社初版本印五百部（内"超特版12部"），全部编号，存世寥寥，非常名贵，中国拥有此书者不过数人。止庵慧眼识珠，居然被他在日本买到此书"超特版第8号"，也许在中国属于孤本了。鲁迅藏书中存有《藏书票的话》，却仅为普通版，没有对比就没有惊诧。

《游日记》里大量淘买日文书的记载，不胜枚举。止庵自定标准："精装、护封、腰封、限定多少部之多少号、书函、运输匣、毛笔或钢笔签名。"他的意思很明白："对于自己素所心仪的学者、作家和艺术家，一向有兴趣去看看他们的故居、纪念馆，再就是力所能及地收藏一件他们的手迹，如签名本之类。"止庵用"他们的手迹"来装饰自己的书扉，不妨看作东瀛文化之旅永久的印记。

二〇一八年八月十二日

书友胡桂林

当年一起淘买旧书,一起逛书摊的书友,今已星散,保持来往的书友所剩无几,胡君桂林是"无几"里的一位。一向所说的"友谊地久天长",实为人世间的美好理想。胡君是我最早结交的书友,大概是在1994年中关村体育场还有跳蚤市场的时候。那之前,我是一个人单枪匹马地东逛西遛,也曾有机会交往书友,也许是不对脾气,也许不是一路人,多止于点头之交。很多年后,我又对几位最亲密书友,说起当初的交友原则:一、喜欢淘书。二、薪水相差不多。三、非官,无车。如果社会地位和经济收入相差过于悬殊,我们的友谊维持不了这么久。当年随着交往的深入,我又定了一条规矩,吃饭必须是ＡＡ制,轮流买单制。或许您要问,为什么老是由我定规则呢,很简单,我不能白比哥们儿几个大十来岁。果然,二十几年后,我们几个书友仍旧是我们几个书友,一个不少,一个也没增加。想想那些著名的音乐组合,什么"甲壳虫",什么"F4",什么"小虎队",真的不如我们书友天长地久呢。

藏书家叶灵凤说过:"每一个爱书的人,总有爱跑旧书店的习惯。对于爱书家,旧书店的巡礼,不仅可以使你在消费上获得便宜,买到意外的好书。而且可以从饱经风霜的书页中,体验着人生,沉静得正如在你自己的书斋中一样。"我与胡君的结伴淘买旧书,多于书摊与书店之间穿行往复,甚至一同在拍卖场上出没,这当然是书价尚处理性年代的事情。胡君买书的起点比我们高一大截子,我们属于旧平装旧杂志里打圈圈,胡君一起手即"内府本""红蓝印""精写刻""开花纸"等大几千的货色。如今我们集攒的货色增值慢,变现难,而胡君遇到急用钱的时候,随便出手几本古版旧籍,立刻解决困局。虽然,我们这些书友当初淘买旧书,纯属喜欢和兴趣,并无投资意识,现在真为了大钱犯难的时候,才后悔当初选择品种的失策。经常逛书摊,不经意间会养成一个毛病,"什么书便宜买什么书",实际上,贵者恒贵，贱者恒贱，少有例外。说一个事。胡君曾当着我面跟琉璃厂旧书店店员说："这书我要了，包上吧！"我说："两千块钱呢，你也不还价？"还价，也是逛地摊养成的坏习惯。胡君没理睬我，一分不少地交了两千块。如今这套书出手的话怎么也得四五十万。同样的两千块，当年我买的是一套民国杂志，如今两万有人要么？藏书家黄裳说过："买好书，逛冷摊跑晓市没有什么用，只有在书店出大价钱一途。"这是过去的情形，现在同样适用。

张口闭口谈钱，是不是有点儿俗？不俗，一点儿也不俗。淘买古旧书，避谈书价，那是虚应故事。古人云："始信百城难坐拥，从今先要拜钱神。"何况，我们花的这点儿买书钱，在穷人看来是摆阔，在富人眼里是寒酸。有一位老辈藏书家，非常反感疯涨的古旧书价钱，后来我给他讲了一个道理，如此飞涨的书价不正好说明您当年的眼力高么？古旧书价上涨，说明需大于供，就这么简单，买得起就买，买不起就不买，时光可惜，为书所累，不值。胡君现在已经不怎么买书了，尤其不花高价买书了。我们都已经过了青春的年纪，中年亦渐行渐远，眼下是云淡风轻的准老年吧。淘买了几十年的古旧书，是该进入第二阶段，我称之为"消化"阶段。所谓"消化"，就是将买书的甜酸苦辣，书里的人物掌故，写出来，公之于众，独乐何妨众乐，使得自己节衣缩食买来的图书焕发"第二春"。

胡君成长于北大蔚秀园，供职于高等艺苑，接触的尽是叶浅予、黄胄、李可染、田世光等艺界名流，春风化雨，耳濡目染，胡君艺术品位自是高出我们一大截儿。胡君写作很早，文笔又好，谦谦君子，温润如玉，在我看来，胡君只有一个"缺点"——过于低调。换言之，"安于小"，难免遭到众人的轻视。我与胡君都喜欢张爱玲的名句"在没有人与人交接的场合，我充满了生活的欢悦"。因此，不揣浅陋，很随意地说了这些不着边际的话。

二〇一八年十二月七日

想当年,一本书赚多赚少总是赚

早年间遛旧书摊,碰到一些稀奇古怪的片纸寸楮,价钱不贵的话随手胡乱买了不少,如今偶尔翻出来,倒觉得很有意思。今天先谈谈这几件纸片。它们的外形像个大信封,上敞口,正面印着表格,表格上的一行字说明它是干什么用的——"产品成本付款记录及原始凭单汇册"。信封的背面也有表格,名称是"销售成本计算表""本书刊成本齐备检查表"和"成本分析"啥的。

不记得是哪年买的了,当时只瞄了一眼表格上的书名,《鲁迅作品选》《红日》《我们播种爱情》,便掏钱了。主要是奔着《红日》去的,"十七年"长篇小说是我搜书的一个小专题。这些长篇小说有个精辟的概括,好像是出版社编辑的创意:"三红一创,青山保林"。

"三红"即《红日》《红岩》《红旗谱》;"一创"即《创业史》。"青山保林"即《青春之歌》《山乡巨变》《保卫延安》《林海雪原》。除了上面那八个字之外,我自己也编了个顺口溜"三花一铁,新敌艳野"。"三花"即《苦菜花》《迎春花》和《朝阳花》,"一铁"即《铁道游击队》;"新敌艳野"即《新儿女英雄传》《敌后武工队》《艳阳天》《野火春风斗古城》。当然顺口溜还可以接着往下编,如《上海的早晨》《暴风骤雨》《三家巷》《小城春秋》《烈火金刚》《晋阳秋》《草原烽火》,等等。

如今踏下心来整理这些信封,才发现里面夹着若干发票和收据。以1963年11月版《红日》为例即有:"稿费支付账单"(864元)、"交道口装订厂"(装订《红日》30015本收费2787.19元)、"中国青年出版社印刷厂"(《红日》封面制版费268.08元,环衬45.96元,制片费2041.78元)。另外还有若干张"中国青年出版社领纸凭单"。这些单据上的专业术语如"纸型""装版""油墨费""90苏道林""浇镀版""焊铜版""挖改字""装全开版""150克开山屯""印刷费""锌版""排工""母型""反型"等,我有的知道,有的似懂非懂。

《红日》初版本1957年7月由中青社出版,定价一元六角,印数45000册,武金陵设计封面。1959年印行第二版,作者吴强写有"修订本序言"。至1962年3月,《红日》已累计发行827000册。这个大六位数在今天听来是天文数字,在当年还排不上号,比之另"两红"《红岩》《红旗谱》的百万级差一档呢。当然《红日》最终也突破了百万大关。我手里这两份《红日》成本单,一次1963年11月的印数是30015册,一次1965年7月的印数是20020册,两次加起来就50000册了,再加上外省市出版社"租型"出版的《红日》呢?大多数百万级印数的长篇小说后来都改编为电影,1963年《红日》拍成电影,电影对小说的促销力度还用强调么。

除了那些天文数字的印数令人咋舌,当年的稿费之高更实实在在令人眼红,怪不得家庭人均收入十二块钱算作贫困线的年头,少年得志的作家刘绍棠喊出的"为三万块存款而奋斗"备受争议。一本书的稿费能买一座四合院,也是那个时代作家的梦想和现实。我的幼少年从那个年代过来,知道家里一直缺钱,母亲六十块钱工资养五个孩子,还要每月付保姆二十块钱。远在青海的父亲九十二元工资,每月往家寄六十块或五十块钱。邮递员那声"潘谁谁,拿戳!"在门外一喊,我们就知道父亲寄钱来了。秋天屋前的葡萄熟了,赶上邮递员来送汇款单,我们会请他吃一串,邮递员就是我家的财神爷。

仍以1963年11月版《红日》为例吧。稿费"864元"是这么计算出来的:"稿费字数"是384000字,"千字稿费"是15元,两者相乘为5760元,5760元再乘15%,得出864元,即吴强《红日》这回所得稿费。1963年11月版的《红日》是1959年修订本以后的第十六次印刷啦,如果按本次"字数稿费"864元的算法,《红日》的十六次印刷,吴强所得仅为13824元,似乎少了点吧。听说二十世纪五十年代后期稿费制度有过变动,这我就不清楚了,我记得最牢的是作家们"一个字三分钱"。

接下来说说徐怀中的《我们播种爱情》,此书1957年10月由中青社首次出版,定价1.2元,印30000册,温勇雄作插图。我手里保存的《我们播种爱情》"产品成本凭单汇册"为三个,分别是1958年5月的平装本(定价1.2元,印数25015册)、6月的精装本(定价1.6元,印数5020册)和8月的普及本(定价0.5元,印数70020册)。

这里插一句，印数为啥精确到个位呢？原来后面的"15""20"册是付给作者的样书，刨去样书，印数还是整数的。当然这是出版社核算成本的算法，真正落实到版权页的印数，还会是整数的。前述1963年11月版《红日》，"销售成本计算表"上明确写着"样书"15册，"销货"30000册，"结存"0册。不说别的，单是30000册一售而空，也让今天的出版社心跳眼热。

《我们播种爱情》平装本的稿费是4498元1角3分。我前面说了五十年代后期稿费计算方法有了变动，这张稿费支付单即为例证，"千字稿费"标准仍为15元，而"稿费字数"239900字远少于《红日》的384000字，徐怀中却比吴强多拿了三千多元。显然六十年代的稿费标准远低于五十年代。换言之，吴强《红日》的稿费（1957年至1965年）也许呈"高开低走"态势，1963年的864元是个低点，因此吴强《红日》的全部所得不会仅仅是区区一万多元。

《我们播种爱情》平装版（1版2印）印了25000册，其中"10000册为第2个定额的二分之一计稿费"1799元2角5分；另外"15000册为第3个定额的四分之三计稿费"2698元8角8分，这样加起来是

4498元1角3分。很显然这个计算方法与《红日》不同。

精装本徐怀中所得稿费为899元6角3分,普及本所得为2518元9角4分,平、精、普三个版本相加,徐怀中共得稿费近8000元。八千元在当时的城里买个四合院绰绰有余吧。

上面所说两书,1963年11月版《红日》,出版社盈余6729元3角7分;《我们播种爱情》平、精、普三种出版社盈余分别是4855元8角3分、999元3角2分和2378元6角1分。有意思的是,徐怀中个人所得与出版社的利润相差不多。

想当年,一本书只是少赚多赚的区别,似乎还没听说过"赔本赚吆喝"的出版社。若说当年最大的赢家,当属作家,手握"双薪"(据说巴金是中国当代唯一靠稿费生活的作家)大笔一挥,分分钟就成"万元户"啦。想当年"作家"是非常荣耀的职业和尊称,就算到了亿元时代的现在,我只不过出了几本小书,亲戚们依然带着旧时的观念称呼我"作家",并以为我靠稿费早已富得流油,可见当年"一本书买一座四合院"的传言影响之深远。

二〇一八年三月十日

那些消失的上海俗语

我生于上海,父母也是老上海,可是上海话我讲不来。我一岁就随父母来了北京,父母到北京工作后讲的是普通话,在家里偶尔会说几句上海话,听得最多的是"十三点"。我上小学三年级的时候,舅妈带着小女儿从上海来北京,住在我家,小女儿天天教我们上海话,记得最牢的是这句"大弟烧晚饭,烧好晚饭吃晚饭"(也许该念这个音:"斗滴搔哑饭,搔好哑饭挫哑饭")。虽然不会讲上海话,可是我却听得懂上海话,前提是语速慢。我非常非常喜欢听上海话,觉得上海人个个能说会道,尤其是上海女子。语言能力或许是与生俱来的吧,跟努力、与勤奋无关,有位中学同桌在上海待个一年半载,一口流利的上海话便朗朗上口。而我天生语言能力差,学英语被父亲斥为"哑巴英语";在内蒙古农村插队八年,蒙语仅限于听和说这几句,——"巴达以的"(吃饭)、"呀乌呀欧"(走啦,走啦)、"恩都搔"(这坐)。

说了以上这些闲话,起因是这本《上海俗语图说》引起的。这本1935年出版的书,当年一纸风行,洛阳纸贵。而今呢,虽然翻印版无数,原版书却极度稀缺,偶尔闪现,要价万八千,吓死个人。现实一点么,1999年上海书店出版的影印本值得入手,尤其是"出版说明",写得"交关好"。2015年上海大学出版社的重排本也不错,而且把"续集"也给出成单行本了,而且连带着出了一系列"上海俗语"的图文书。

《上海俗语图说》,一文一图,凡二百四十文(俗语),汪仲贤(1883—1937)撰文,许晓霞绘图。汪仲贤的生平事迹,出版说明里介绍得很详尽,网络上也百度得到。而这个许晓霞,不知何许人也,几位整理者也没下功夫查考。听名字晓霞像是位女画家,可是听汪仲贤说到许搭档的口吻,不像,一口一个"许先生"。我搜到一条资料——"华商广告公司图画部主任庞亦鹏是从月份牌转向报纸广告的代表性人物。他的黑白广告画如此受欢迎以至于成为从业范本,常被同行从报纸上剪帖汇集后用以临摹。其他如张荻寒、丁浩、张乐平、李詠森、蔡振华、许晓霞、王逸曼、程玠若、王守仁、王克明、周守贤、倪常明等咸为商界所称道。他们在混合本土文化和外来时尚方面继承了月份牌画师的折中立场,但在整体观念上要超越前者许多。"(《中国近代商业美术与形象产业:报刊广告》)这份资料里的庞亦鹏(1901—1998),我有印象,周瘦鹃主办方形本《紫罗兰》时,封面画绘者多署"亦鹏"。许晓霞与张乐平、蔡振华们并列那水平也差不很多吧,惟声名不彰,似非出类拔萃的画家——中国好画家车载斗量,过剩。

说起"图文互动"这样活泼的文章形式,我不陌生,最喜欢的是朱凤竹图,徐卓呆诗这一对。说是一对还欠一人,应是朱绘图徐题诗王写字,王即王钝根(王蕴章)。这三个人也像"汪许组合"一样,画画的朱凤竹也是"生平不详",而徐卓呆(1881—1958)人称"文坛笑匠"和"东方卓别林",王钝根(1884—1942)主办过《礼拜六》,"礼拜六派"就指他,王钝根的字很受欢迎,求书者肩踵相接。

朱凤竹曾为"皇二子"袁寒云的小说《枕》画插图,也有自己的工作室"形象画艺社朱凤竹画室",怎

电影明星貂斑华（1913—1941），原名吴梅香，"貂斑华"是艺名。名漫画家丁聪绘作的这张封面画，最初在姜德明《书衣百影》里见到，过目难忘，天遂人愿，几年前我也收集到了这期《新华画报》。

貂斑华面容神态酷肖"电影皇后"胡蝶,影运当头照,星光熠熠,可惜天妒红颜,只演了六七部片子就早早地患肺病离世。

本期《宇宙风》在抗战的烽火中坚持。编者陶亢德称:"我曾对许多朋友讲过,《宇宙风》虽然是小本经营,但对于如肯为此救亡血战写下前线士兵民众的血的战斗史实的作者,决肯尽力所能,不惜重酬。"

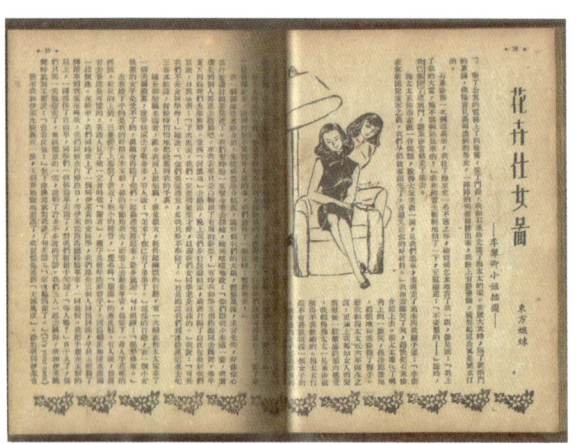

　　1993年5月10日上午，我在海王邨中国书店以一百二十元购得1947年出版于上海的《生活》杂志。十二年之后的2005年9月27日，我见到了《生活》的作者"东方蝃蝀"李君维先生。

郑逸梅在《民国旧派文艺期刊丛话》里介绍了一百一十三种期刊，他写到了我珍藏的这本《万岁》："1932年8月1日出版，书式是方型的。主干张秋虫，编印者威海卫路萱春里七九九号。"《万岁》总出八期，寒舍存有连创刊号在内的五期。

　　这样的封面画风正合那些古战场的诗句:"马思边草拳毛动,雕眄青云睡眼开。""身向云山那畔行,北风吹断马嘶声。""燕歌未断塞鸿飞,牧马群嘶边草绿。"

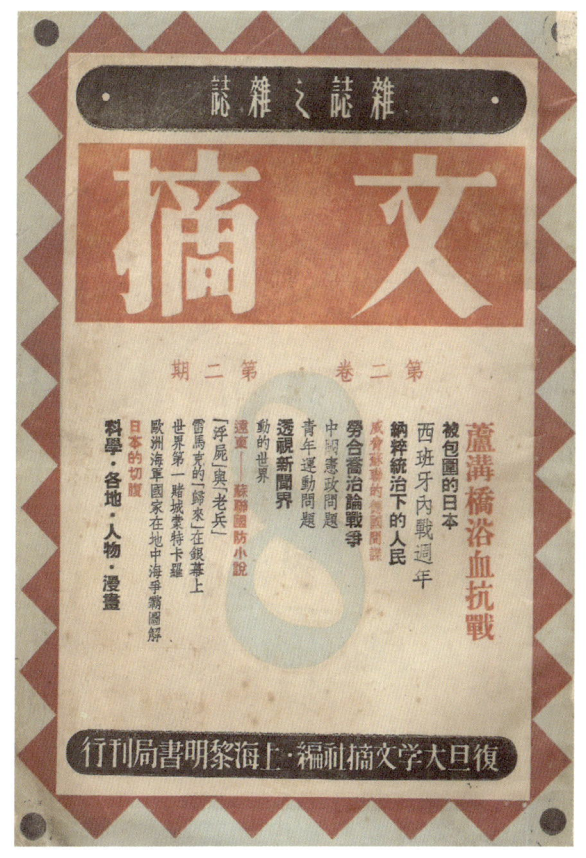

号称"杂志之杂志"的《文摘》创刊未久抗战爆发,头条红字报道《卢沟桥浴血抗战》。

　　王丹凤封面的旧杂志,寒舍存有十来种,这本《新中华画报》世间绝少见到。电影《护士日记》里的王丹凤要比这张封面里的王丹凤大出整整十五岁。时光荏苒,现在离优美的歌曲"小燕子,穿花衣,年年春天到这里"亦六十年矣。

么论也算个腕吧,却连生卒年亦未见史载。如今看到《上海俗语图说》这么畅销,真是替朱画家抱不平。比《上海俗语图说》早好几年,朱凤竹就在《红玫瑰》封面上画过上海里弄"众生相",瞧这些题目"抢饭担的小瘪三""独轮车上的嫂嫂""小弄堂里的暴客""小客栈里的鸳鸯谱""三张牌上的牺牲者""游戏场上的女堂倌""青莲阁上之茶客""引人如胜的女相家""秀色可餐的理发者",都能在《上海俗语图说》里对上口。写到这儿,要夸夸汪仲贤,徐卓呆的配诗过于油滑浅白,汪仲贤则俗中见雅,化俗为雅,尤以考索语源最见功力。也许这是"汪许组合"能出单行本而传诵至今,"朱徐王组合"只供一时赏乐的原因。俗,也应该俗出厚度。

构思这篇小文的时候,请教过一位老上海,念了念《上海俗语图说》里的词,他说哪些现在还有人说,哪些没人说了,哪些从未听说过。我明白了,二十世纪三十年代上海人口三百万人,现在呢,两千万不止,当年流行的"热词"隔了八十多年也该冷了,当年就冷僻的"冷词"已然冰冻了。还有一个意见,不必为前贤讳吧,汪仲贤选的这些俗语,多为某些行业的"黑话",或特定社会现象的"黑话",随着某行业之查禁,社会风气之净化,"皮之不存,毛将焉附",诸如"剥猪猡""肉弄堂""白蚂蚁""拆白党""斩咸肉"这类黑俗语的消失,倒是社会文明的进化。

说实话,上海俗语揭示的多为旧社会"坑蒙拐骗"的那一面,不足为训。不良社会风气的传染性是很顽固的,比如说"阿木林",其贬义人所共知吧。我爱上海,可是上海却拿我当了一回"阿木林"。那一年我二十郎当岁,从插队的农村奔宁波老家,途经上海转车,在火车站傻呆呆地仰望着列车时刻表。这时身边来了个小年轻:"借你的钢笔用一用",我顺手把钢笔递给了他,没料到小年轻飞快地在钢笔上刻了一行字:"风雨送春归,飞雪迎春到。已是悬崖百丈冰,犹有花枝俏。"跟着一句:"一块钱!"我乖乖地给了小年轻一块钱,换回了钢笔。哪位要说我瞎编,这杆"花枝俏"钢笔还在抽屉里呢。

老电影《革命家庭》里有不少上海俗语的台词,"拿摩温""包打听""挨瘪"等,少年时听得似懂非懂,现在全懂了。还有英国电影《海狼》里的"轧轧苗头""轧朋友",这配音简直妙极了,多亏了上影厂那几位毕克乔榛们的王牌配音,神来之笔!

不枉多年的惨淡经营,淘到了初版《上海俗语图说》,淘到了连载《图说》的《社会日报》,这才成就了这篇小文。爱上海,爱上海话。

二〇一八年三月二十三日

四十载春秋 集邮缘未了

如果算上少年时代攒的那几本信销票,我的集邮史不止四十年。静夜无声,想起过去痴迷集邮,众里寻它千百度,到后来退出集邮队伍,不再为伊消得人憔悴。1994年开始我不再买新出的邮票,君不见新邮票动辄千万上亿套的发行量,纯商业气味的炒作,低劣的设计,还是吾妻说得对:"不就是为了看画吗?什么画不比邮票画得好看?"不是跟集邮一刀两断,而是跟现时的集邮风气一刀两断。所谓缘未了,见到民国所出邮刊邮书,价格能接受的话,尽力去买。有一种说法我喜欢,称这个玩法为"集邮文献收藏"。西方邮界有云:"予我以邮票,不如告我以邮识。"也是这个道理。下面拉杂谈些早期集邮刊物之花絮。

最名贵的邮刊当属《邮乘》，"邮王"周今觉（1879—1949）1925年10月创办。周今觉1923年9月开始集邮，已逾不惑之年，却干劲十足，"遍访市肆，远电海外""掷万金无吝色"，终于"压倒中国集邮家"成为"我国邮坛一代宗师"。话说二十年前，琉璃厂邃雅斋书店办了个奇怪的小型书市，大量的民国杂志如《宇宙风》《人间世》《论语》《旅行杂志》一律一块钱一本，据说这批杂志乃成都旧书店库底。吾友胡桂林从中捡到几册《邮乘》，旁边一人称："我雅好集邮，你把《邮乘》让给我吧。"胡兄成人之美，便随手将《邮乘》让给素不相识者。我闻讯后好一通埋怨："你也太好说话了！"胡兄收集清代邮票和民国邮票，邮识渊博，却轻易放弃了《邮乘》。

《邮乘》与晚它一年创刊的《良友》画报，同为享誉世界之中国杂志。各国集邮界交口称赞：

> 其体裁实堂堂正正之至，开卷见其口绘之精美，先使人眼目一惊。吾愿此同文同种之友邦，在邮界互相提携，以东半球之曙光，探照于西半球。（日本）

《邮乘》对于华邮有专门高深之研究。重要之论文，皆中西并列，其能利用本能，发挥固有之国粹，更可以表示东方邮学进步之速。（美国）

吾将介绍于吾读者，以一专门研究远东与中国之邮票杂志者《邮乘》者，此一小本杂志为上海中华邮票会印行。实一谨严之著作，吾人但有赞美而已。（法国）

周今觉，以本国人不能提倡本国之票而倚赖他国之人为可耻，故创立邮会，刊行邮志，以贯彻彼之爱国宗旨，实可敬服。（英国）

我一向留意周今觉"邮话"之外的笔记掌故文章，见必收之。周今觉《暂止园塍录》内云："余自庚午至甲戌，五岁三迁，所至赁庑而居，每得数弓之地，辄布置小园，取楞严暂止便去之义，名暂止园，海藏翁为作篆泐石。"（1947年11月第三期《天文台》）周今觉的才华错进错出，一不留神，给集邮界树立个榜样。

曾经买过零本《近代邮刊》，某日吾友赵国忠告知"孔夫子旧书网"有《近代邮刊》创刊号上拍,标的一百元,遂托他拍得。《近代邮刊》由集邮家钟笑炉(1903—1976)创办,1946年1月创刊,我所得者为再版本。钟笑炉的名字很特别,所以容易记。时人谓:"沪上集邮界名字最奇者。为钟君笑炉。以'炉'字入名。未之前见。询之钟君命名之义。亦笑而不答。最近始恍然。……"云云。钟笑炉三十六岁方涉足邮坛,原先经营袜厂,"手足"无法兼顾,遂委托他人代理经营。2003年6月9日是钟笑炉百年诞辰,邮史研究者邵林先生在《新民晚报》以《钟情一生,笑对艰辛,炉火纯青》为题,撰文怀念这位集邮界前辈。邵林文章很有趣,特转录一段:

50年前,我国的集邮人数不多,但几乎无人不知钟笑炉的大名。钟笑炉原是一位日用百货店的店主,在抗日战争期间开始集邮。那时邮资调整频繁,又因战时环境的迫使,当时的邮政总局常令各地将原存邮票按统一的格式自行加盖改值售用,于是各地的加盖邮票五花八门,纷纷流向上海,有的奇货可居,甚至假票迭出。钟笑炉不厌其烦地向各地邮局函购邮票，与各地邮友通信讨论，分辨这些邮票的异同，更有大量邮友向他征询这类邮票的细节，求他交换这类邮票。从此，他深入钻研每次新发行的邮票，废寝忘食，经常工作到凌晨两三点钟。为了报道新邮发行信息，集中答复邮友的问题，他就办起了《近代邮刊》，成为职业邮商和集邮出版商。

一段邮票史不啻一段社会经济史。

旧藏一册《邮艺月刊》创刊号，1947年香港亚洲邮艺社出版，徐昌成主编，中英文对照。内容为：《邮艺月刊引言》（内称：本社已集有各国邮票数万枚，我国邮票自始迄今均全部保存，并藏有中外邮政丛书全集）、《古代邮政述略》、《中国邮票史纲》、《集邮之旨趣》、《中国首次发行之邮票图说》、《辟雍圜桥门票图说》、《新生活运动邮票图说》。徐昌成曾任邮政总局副局长，著有《中华邮政之四十年来》及《中华邮票光荣史》。本志插图由画家关惠农负责，关乃香港名水彩画大家，亦是月份牌画家，功力极深厚，美国华盛顿等多处陈列所内之水彩画多出自关惠农手笔。

  这张照片，插在我家的老相册里已经六十来年了，可是我最近才知道它背后的故事。比起如今手机里爆仓般删不胜删的照片，"物稀为贵"实为永恒的真理。

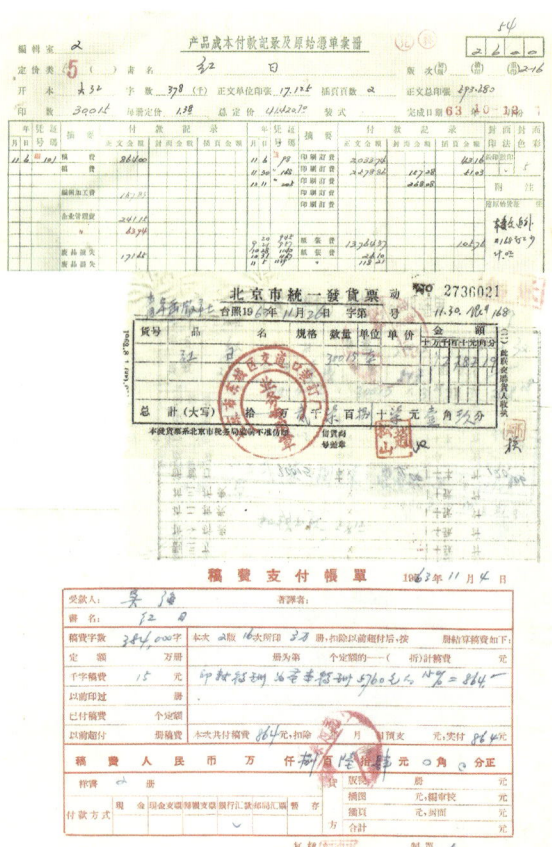

　　旧货市场真是个神奇得令人流连忘返的地方,常常会碰到一些意想不到的货色,譬如说这几张"稿费支付帐单"。小说《红日》读过的人很多,电影《红日》看过的人很多,惟《红日》的稿费单世间仅一份,我独家。

《近代邮刊》横跨两个时代,由集邮家钟笑炉创办。钟笑炉的名字很特别,所以容易记。时人谓:"沪上集邮界名字最奇者。为钟君笑炉。以'炉'字入名。未之前见。询之钟君命名之义。亦笑而不答。最近始恍然。""钟笑炉36岁方涉足邮坛,原先经营袜厂,'手足'无法兼顾,遂委托他人代理经营。"

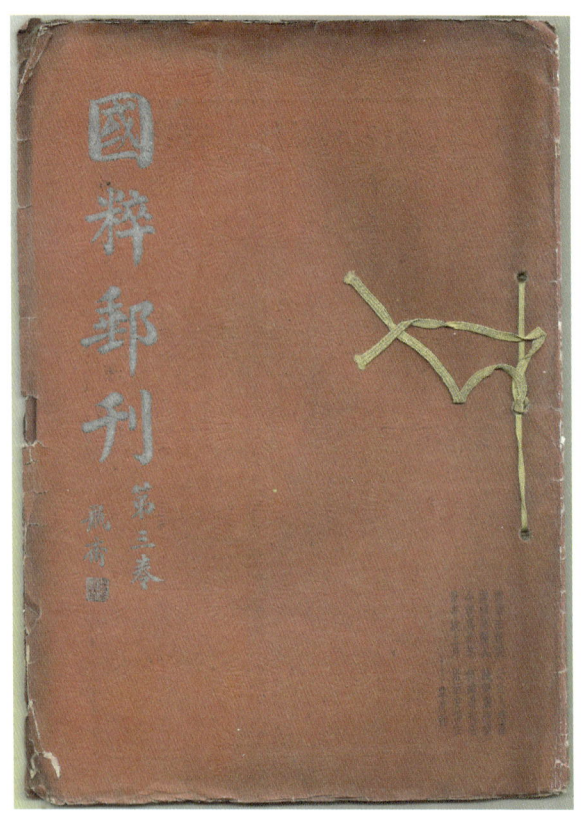

陈志川(1916—1977)主办《国粹邮刊》。集邮专家无一不是"任性专家",陈志川的任性尤其特别,邮坛哄传实例有二:一、陈志川坚持不在刊物上登广告,出版这份不靠广告费滋养的邮刊。二、为维持《国粹邮刊》,陈志川卖掉自用小汽车。寒舍所藏《国粹邮刊》为合订本,装订别致,如将系绳解开,则十二期可摊平展读。

《集邮之旨趣》一文应特加细读，文章开头："人惟太上可以忘情，否则必有所寄，因而有所好矣。"这和张岱所云"人无癖不可交，以其无深情也"是大致一样的意思。文章把集邮家分为三类：

> 第一类集邮家多数以集邮为营业，惟利是观，对于邮票中图式之意义多不大了了，辄重视邮票上偶然之缺点边齿之多少邮局盖戳之斜正颜色之浓淡……于是趋奇务异者咸坠其术中，此种人虽占集邮家之最多数，然非集邮之真义，直等于玩物丧志，识者无取焉。至邮票之可贵者在该票发售时距今甚远，而当时沽出之数亦甚少，且含有历史性之意义，同时印刷精美收藏妥善全幅完整毫无遗憾者始真有价值。第二类集邮家则爱好欣赏邮票之图画，但求人云亦云，对图中意义实属茫然，尤观图画，若不明其意，则必感索然，如鉴赏竹林七贤之画，只见绘有七人或老或少或立或坐及修竹成林而已，不知其所以然也，又如鉴赏东坡游赤壁之画，只见绘有山有水有船有酒肴有僧俗及二三人对饮面已，亦不知其所以然也，若能明此二画之故事，则

观画时兴趣当更为浓厚。又如图中有鲤鱼者只知其为鲤鱼而已,又何能知鲤鱼与邮递有何关系,及鲤鱼藏书之故事乎,若有人为之详加解释,岂非大快事哉。第三类集邮家则探讨所绘之图,而悟其绘图之旨。如绘有名人像之票,则考察其人之学识与功绩对于国家之贡献,即想见其平生而足资纪念也,如绘有风景图之票则欣赏该地之秀丽繁华对于国家之形势,又想见其重要而足资宣扬也。吾人应由各种不同式样之邮票,以观一国进化之轨迹朝代之变迁,政治之隆污人才之盛衰每时代之主要执政人物新政策之推行当时之风尚文物衣冠礼制大典艺术暨名山胜景及伟大建筑等,处处加以注意,是则观微知著,可察其国家之文化水准矣。

如今集邮票之法与投资股票之法,如出一辙,难兄难弟,离真旨趣远甚,良可叹也。

集邮从源头上来说是不分贫富皆可同桌的游戏,但是若欲往深了玩,恐怕只有富豪才玩得起。没有实业作后盾,周今觉办不了《邮乘》,钟笑炉办不了《近代邮刊》,陈志川(1916—1977)也办不了《国粹邮刊》

（1942年3月创刊）。集邮专家无一不是任性专家，陈志川的任性尤其特别，邮坛哄传实例有二：一、陈志川坚持不在刊物上登广告，出版这份不靠广告费滋养的邮刊，"仅制版费一项，已超过全部售价之数倍"。"另聘男女书记二三人助其力。"二、为维持《国粹邮刊》，陈志川卖掉自用小汽车。

文坛第一富豪邵洵美的集邮初史与周今觉相仿，都是受儿子的影响，好笑么。邵洵美邮学著述颇丰，《国粹邮刊》载有多篇，邵洵美女儿邵绡红女士曾在信中告诉我具体哪一期有哪一篇。寒舍所藏《国粹邮刊》为合订本，装订别致，如将系绳解开，则十二期可摊平展读。有钱有闲才玩得起集邮，集邮家主办的邮刊皆印制精良，不然那么小抠抠的邮票如何看得清楚。

二〇一八年十月八日

在观战世界杯中老去

俄罗斯足球世界杯开打在即,球王贝利说过:"每隔四年,我的心都会加速跳动!"作为四十年球迷史(1978 至 2018 年)的我曾经深有同感,只不过随着年龄直奔七张,热情逐届减退。每每回忆起当年看球的狂热和痴迷,不免感叹人生短促,看个破足球就能把人看老了。再踢个五届六届,这世界上保不齐就没我这个老球迷了,难听点儿说,"看一届少一届啰"。日本电影《追捕》里真由美的父亲说:"我不参加竞选了,当初我那么热衷于竞选,想想真可笑!"我并不后悔和笑话自己当初的如痴如狂,反而很怀念。

第一届世界杯 1930 年在乌拉圭举行。我们也许没赶上看见八十八年前的世界杯。年轻的球迷想着八十八年前的足球该是西瓜大的一个红黄的空囊,像蒙得维的亚上落了一粒珍珠,新鲜而饱满。老球迷回忆中的八十八年前的足球是欢愉的,比眼前的足球大、圆、白;然而隔着八十八年的辛苦路往回看,再好的足球也不免带点凄凉。上面这段话张迷们都明白是从《金锁记》化来的,对接还算贴切吧。

我的看球史是从1978年阿根廷举办的第十一届世界杯开始的。说来可怜,当年并非家家有电视机,有的话也多为九寸小电视,信号也不好,俗称"雪花屏"。我家有一台九寸电视,逢有精彩节目全院都来围观。现在讲一桩笑话。某夏晚邻居们一起看电视,我突犯痔疮,众目睽睽,只能反手端着板凳去茅房清理。当年看球并不懂球,用当年流行的一部话剧名来形容即"初恋时,我们不懂爱情"。足球排兵布阵术语"四三三""四四二"的功效有啥区别,亦半懂半不懂。我弟弟踢过球稍懂一点儿,他说什么"从左路攻得多!"我还纳闷他是怎么看出来的。这届世界杯好像只转播了四场,两场半决赛、三四名及冠亚军决赛,解说员是宋世雄。以现在的解说风格来评判当年的"解说一哥"宋世雄,显然不公平。二十年前我在超市偶遇宋世雄,我正在货架上拿芝麻酱,宋世雄在后面好像也想买,我说这个牌子好,他乐呵呵地说那我也买一瓶。这个牌子的芝麻酱四块九毛一瓶。

1978年世界杯,我记住了长发飘逸的肯佩斯,更记住了"飞翔的荷兰人"克鲁伊夫。肯佩斯是阿根廷获得冠军的头号功臣,而连荷兰国王都请不动的克鲁伊夫,意气用事,愣是拒绝参加国家队。由于缺少克鲁伊夫,荷兰队继1974年世界杯屈居亚军之后再次屈居亚军。时间闪回到1974年世界杯,那时我正在农村插队,那是什么景况啊,甭说看球了,饭吃得饱么。后来的日子里无数次地回看1974年世界杯荷兰对德国决赛录像的一个镜头,克鲁伊夫在开场55秒就赢得了一个点球,这时德国队连球都没触一下呢。尽管先入一球,荷兰队还是以一比二输给了德国队。才华横溢的荷兰队2010年世界杯冠亚军决赛,罗本痛失单刀,再次无缘冠军。"三连亚"的荷兰队,真是命苦,这次俄罗斯世界杯荷兰队只能壁上观也,不能不说桀骜不羁的克鲁伊夫,害惨了荷兰足球。世界杯是英雄冢,最最失意的莫过于亚军。

1982年世界杯时,家家户户都有了电视,电台和报刊也加大了报道力度。我记得《体育报》转载球王贝利的球评，一场一个标题，如揭幕战，贝利的标题是《阿根廷希望的气球在飞散，比利时防守的丛林难逾越》，贝利不仅球踢得漂亮，文字也漂亮。每一期《体育报》我都保存着呢，从此开始注意足球评论里的绝妙文采，这也许是我高过其他球迷的地方，不能光图看个热闹过后什么都没留下。

1985年5月19日，中国男足为争取1986年世界杯的出线资格，在北京工人体育场与香港队进行比赛。这是一场打平就行的比赛，可是球迷心气高，男足也不满足打平，"打平当输"呀！5月14日《足球》报名记严俊君在头版写了篇誓师般的文章《竹密难堵流水过——中国队应能赢香港队两球以上》。我当下读了，不禁称奇，好文采！严俊君的意思是香港队防守再好，也防不住我们水银泻地般的进攻！"小胜当输"非赢两个以上，牛吹得有点大，看严氏怎么收场。我高过其他球迷的地方，也许就是"众人皆醉我独醒"吧。当时我对一位"中国必胜"的朋友讲："香港队跟咱们踢一百场，总会赢一场吧？"朋友说："那有可能。"我说："你怎么知道这赢的一场不会发生在今晚？"结果男足一比二输给了香港队,球迷失控,秩序大乱,酿成"5·19事件",主教练曾雪麟引咎辞职。著名作家刘心武,忙不迭蹭热度写出了报告文学《5·19长镜头》。我因为判断精准,一点儿没为输球而如丧考妣,反而有点儿幸灾乐祸,瞧瞧严俊君如何圆场。5月21日《足球》报,厉害了,记者严!这场圆得真飒——《足球似棋局局新》!中国足球烂如泥,烂泥里开出一支生花妙笔。查过"竹密难堵流水过"和"足球似棋局局新"的出处。前者出自南宋道川禅师偈曰:"旧竹生新笋,新花长旧枝。雨催行客到,风送片帆归。竹密不妨流水过,山高岂碍白云飞。"又一说来自《景德传灯录》:"竹密岂妨流水过,山高哪碍野云飞。"后者出自宋释志文《西阁》:"杨柳蒹葭覆水滨,徘徊南望倚阑频。年光似鸟翩翩过,世事如棋局局新。岚积远山秋气象,月生高阁夜精神。惊飞一阵凫鹭起,莲叶舟中把钓人。"

二十世纪八十年代,我在体制内。为了看球,各种手段都上了,最常用的两种:一、"泡假条";二、孩子小,扔给孩子姥姥看着。为了使实况录像有现场直播的效果,我闭门不出,躲避一切有可能知道比赛结果的场合。有的人听了收音机知道了比赛结果就忙不迭地通告他碰到的所有人。很像看一部电影，你第一回看，有的人是第二回看了，他非要给你剧透，多讨厌呀。有一回我躲了一白天，傍黑孩子姥爷来了，一进门就说："咳，巴西队！"我埋怨他："您怎么把结果告诉我了！"孩儿姥爷说："我没说结果呀！"我说："您这一咳，不就是惋惜巴西队输了么！"如今孩儿姥爷去世已五年，我想念和老人家一起聊球看球的日子。

1986年墨西哥世界杯前几个月，墨西哥遭遇大地震，有传闻说球赛要改时间改地点，但是英勇的墨西哥仍如期举办了本届赛事，新一代球王马拉多纳率领阿根廷队夺冠。江山代有才人出，风水四年一轮转。往前数1982年马拉多纳被红牌逐出场，往后数1990年马拉多纳被德国队一粒点球击败痛失蝉联冠军良机，再往后数1994年马拉多纳查出偷吃禁药黯然离场。世界杯的舞台，马拉多纳占据了太多的戏份。

1990年意大利世界杯，给人留下难忘印象的却不是足球，而是开幕式主题歌《意大利之夏》，还有那些美若天仙的模特。意大利队当时出了个最佳射手斯基奇，解说员介绍他是"农村长大的"，斯氏也确实长得朴实无华，拉低了帅哥成堆的意大利队的颜值。我给斯氏起了个绰号叫"农民的儿子"。球员的相貌越来越重要，这位斯氏一战成名后再无下文，而他的锋线搭档巴乔，因为一双深邃忧郁的蓝眼睛，赢得无数女球迷，加之出众的球技，一直踢到1998年法国世界杯。

1994年，我赋闲在家，得以痛痛快快看了一届世界杯。1994年是我生活中最难的一年，意味深长。本届参赛队增至三十二个，比赛场次达五十二场。审美疲劳随之出现，我学会了挑关键场次看，小组赛可以不看，淘汰赛必看。本届给我留有深刻印象的又不是足球，而是巴西队罗马里奥和贝贝托进球后的"摇篮曲"式庆祝动作。花样翻新、即兴表演的庆祝动作，遂成为足球场一道亮丽风景线。我则将其定义为"古典足球"与"现代足球"分水岭。

1998年法国世界杯，我再次赋闲。本届亮点，"足坛第一帅哥"贝克汉姆横空出世。那时的贝克汉姆是真帅，哪里像现在胡子拉碴老气横秋。贝克汉姆的成名之路有一点儿像马拉多纳，首演便砸了。红牌下场导致英国队失利，一时千夫所指，万人唾骂。如今的足球，女球迷贡献了一半的票房，小贝居功至伟。我定义为另一道"古典足球"与"现代足球"分水岭。

2002年，中国足球第一次入围世界杯。喊了多年的口号"冲出亚洲，走向世界"终于实现。但颇具嘲讽意味的是，由于本届赛事由韩日联办，中国队的三场小组比赛都被安排在韩国，三场皆北，尽吞九弹，一球未进，所以连去日本的资格也没得到。一日游似的去了趟韩国，算不算"冲出亚洲"？于我是不知道的。

2006年世界杯，出了两件大事。一个是至今悬而未决的谜团，意大利后卫马特拉齐到底对法国队齐达内说了什么，导致齐达内怒不可遏一头撞翻了马特拉齐，红牌下场。这个事件，唇语专家的多种解读，莫衷一是。如今我们看到不管是队员还是教练，说话都捂着半拉儿嘴，怕的就是唇语专家。此怪状与陈毅元帅《赣南游击词》所云"休玩笑，耳语声放低，林外难免无敌探"庶几近之。另一件大事出在旁观者咱国的解说员黄健翔那一嗓子："伟大的意大利左后卫格罗索！"当夜我在博客中写道："黄健翔是林子大了里的一只小小小鸟，想要飞得飞得比别人高呵……奔四张的你咋就不懂呢？你知不知道，为了你一嘴痛快，领导今一白天尽找弥补措施啦，真急了，把在澳超踢球的曲圣卿都想起来了。你娘会说这孩子咋这么大了还让娘操心。还连累到我一天没务正业。"

2010年南非世界杯,听说全中国仅几十个球迷去南非观战(2018俄罗斯世界杯陡增至六万),什么时候在中国举办,路费就省下了。我通常是一个人守在电视前,我没有聚众看球的癖好。本届世界杯是个例外,一个书友在郊外有个农家小院,邀我等几个既迷书又迷球的朋友去那儿看个通宵。看的是开幕式和两场小组赛,先是在院里吃烧烤喝啤酒,郊外的夏夜比城里凉爽,星星也比城里多,我想要是把电视搁院里看就更美啦,屋里的空气巨混浊。几个朋友都是伪球迷,比赛没开始就都睡着了,只我坚持看完。凌晨这一屋子球迷集体驱车去潘家园淘书,年轻人精神头大,我岁数大了体力不支,匆匆转了一圈书摊赶紧回家补觉。

2014年巴西世界杯去今不远,不必饶舌。巴西队一场丢七个球和自媒体勃兴,印象深刻。

俄罗斯世界杯,我只关心一条:梅西有戏还是没戏?

写到结尾时,出了趟门,在火车上见到乘客和乘务员人人看AP看手机,忽然想,一百年之后,一千年之后,足球会发展成什么样子,细思恐极。

二〇一八年六月三日

后 记

收在这本集子里的小文章,分为两个部分,其实内容并无什么显明的区别,上半部分以读书和买书为主,下半部分以怀旧和怀人为主。这类小文章或可称之为"书话",或者叫"随笔",不宜叫"散文"。散文,我写不来,没有诗人那样的想象力,也没有作家那么丰富的词汇。小文虽小,但有一个坚核在,实事和实物。够不到的事和人,就让材料来说话,说错了没关系,要紧的是不能无凭无据地胡说八道。趁着自己尚未老糊涂,才敢说"文责自负"的话。

二〇一九年四月十五日夜

图书在版编目（CIP）数据

春明谈往／谢其章著．－－北京：新星出版社，2019.11
ISBN 978-7-5133-3672-7

Ⅰ．①春… Ⅱ．①谢… Ⅲ．①杂文集－中国－当代 Ⅳ．①I267.1

中国版本图书馆 CIP 数据核字（2019）第 182779 号

春明谈往

谢其章 著

选题策划：	刘丽华
责任编辑：	白华昭
责任校对：	刘　义
责任印制：	李珊珊
装帧设计：	冷暖儿

出版发行：	新星出版社
出 版 人：	马汝军
社　　址：	北京市西城区车公庄大街丙3号楼　100044
网　　址：	www.newstarpress.com
电　　话：	010-88310888
传　　真：	010-65270449
法律顾问：	北京市岳成律师事务所

读者服务：	010-88310811　　service@newstarpress.com
邮购地址：	北京市西城区车公庄大街丙3号楼　100044

印　　刷：	北京美图印务有限公司
开　　本：	787mm×1092mm　1/32
印　　张：	7.75
字　　数：	140千字
版　　次：	2019年11月第一版　2019年11月第一次印刷
书　　号：	ISBN 978-7-5133-3672-7
定　　价：	49.00元

版权专有，侵权必究；如有质量问题，请与印刷厂联系调换。